LE TIGRE

TOUTES LES CRÉATURES DE LA JUNGLE

ONT TREMBLÉ À MON APPROCHE.

"QU'ELLES TREMBLENT DONC ET

SACHENT QUI EST LE MAÎTRE

DES LIEUX, SEIGNEUR DE CE MONDE,"

PENSAI-JE AVEC ORGUEIL.

> R. K. Narayan
> *A Tiger for Malgudi*

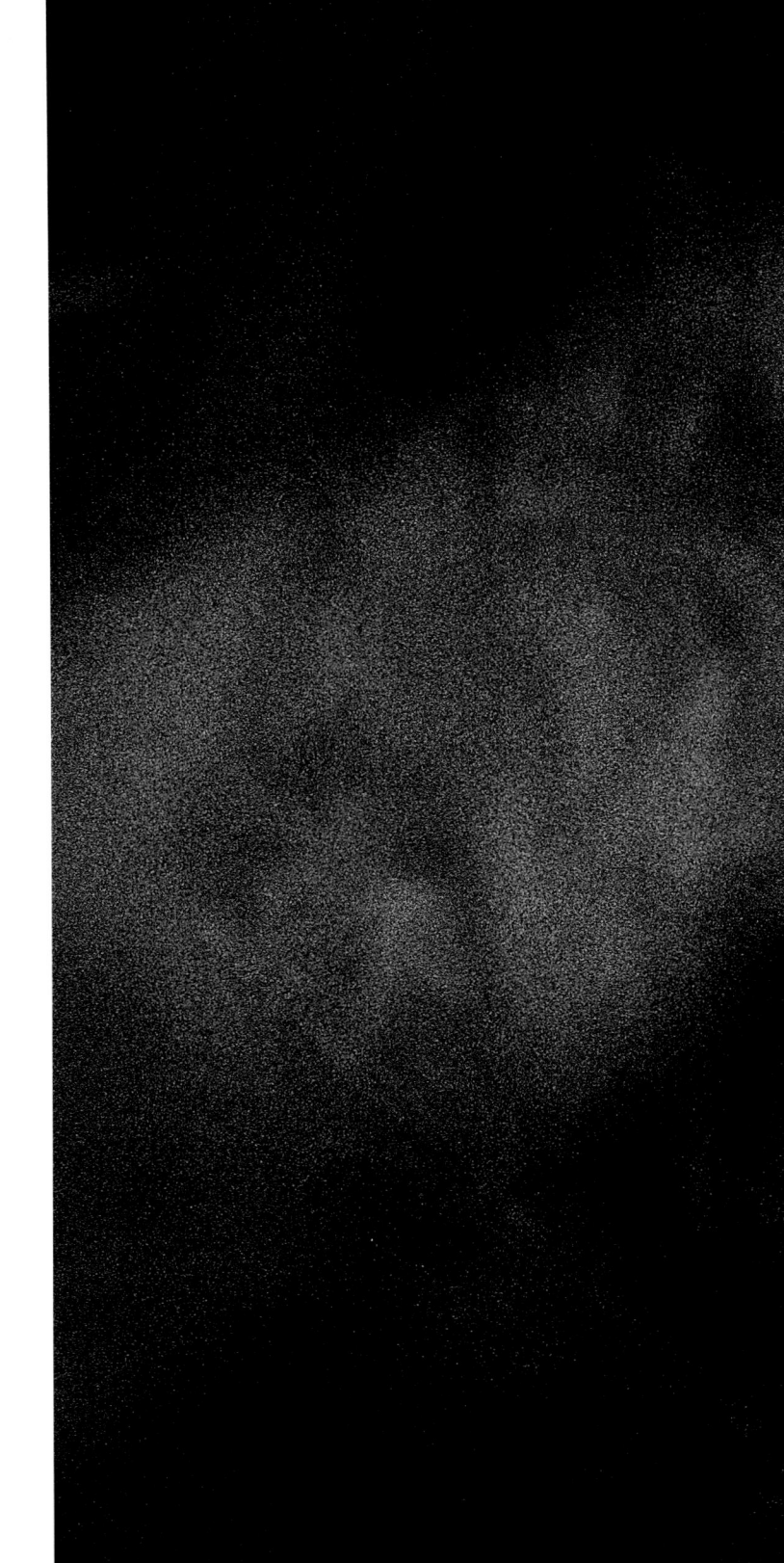

GLISSANT SILENCIEUSEMENT,

LE TIGRE RÔDE DANS LA JUNGLE.

IL PASSE DEVANT NOUS

TEL UN FANTÔME.

    Dunbar Brander

MYSTÉRIEUX, TOUJOURS —

JAMAIS SOURNOIS

TUEUR, TOUJOURS —

JAMAIS ASSASSIN

SOLITAIRE — JAMAIS SEUL

    John Seidensticker

LE TIGRE EST UN GENTILHOMME

AU GRAND CŒUR, AU COURAGE

SANS BORNES. UNE FOIS EXTERMINÉ—

CAR IL LE SERA BEL ET BIEN

SI L'OPINION PUBLIQUE NE VIENT PAS

À SA RESCOUSSE—

L'INDE AURA PERDU LE JOYAU

DE SA FAUNE.

    Jim Corbett, 1944

LE TIGRE

MICHAEL NICHOLS
GEOFFREY C. WARD

Je rencontrai la tigresse

nommée Sita

en janvier 1987, dans le parc national de Bandhavgarh situé dans l'Etat de Madhya Pradesh, en Inde centrale. L'éléphant que je partageais avec le naturaliste indien Hashim Tyabji la trouva dormant à flanc de colline, repue du chital qui gisait à côté d'elle, sans doute épuisée par les efforts incessants déployés pour nourrir et protéger les trois petits de sa première portée. Je parvenais à peine à distinguer les vagissements des petits tigres, un peu plus haut sur le versant, des croassements impatients des corbeaux oscillant sur les branches des arbres alentour.

Nous nous trouvions à dix mètres de la tigresse, suffisamment près pour entendre son souffle sonore et régulier. Au cours de la demi-heure suivante, trois autres éléphants chargés de touristes s'en vinrent et repartirent. Des appareils photo cliquetèrent. Un photographe particulièrement empressé laissa tomber un boîtier de film. D'une voix forte, le cornac ordonna à sa monture de le ramasser avec sa trompe et de le restituer à son propriétaire. La tigresse dormait toujours, inconsciente; rien ne semblait pouvoir la perturber – rien, jusqu'à ce qu'une témia vagabonde, plus menue qu'une pie, s'approche en voletant de sa proie. En une fraction de seconde, la tigresse était debout, pleinement éveillée, lançant son énorme patte avant en direction de l'oiseau terrifié et poussant un rugissement si puissant qu'il parut fissurer le ciel.

C'était la première fois que j'assistais de si près à une telle explosion de colère. A la fois captivé et effrayé, je me tournai vers Hashim pour lui demander une explication. Pourquoi la tigresse s'était-elle déchaînée si prestement ? "Les tigres" me répondit-il en souriant, "n'aiment pas partager".

Se reposant après une nuit de chasse, Sita reste prête à repousser tout intrus qui s'approcherait trop près de la grotte à flanc de falaise où elle a installé ses petits.

Dix ans plus tard, au printemps 1997, j'étais de retour dans la réserve de Bandhavgarh, prêt au départ, sur le dos du même éléphant, accompagné du même cornac, sur les traces de la même tigresse.

Sita devait avoir presque quinze ans, longévité exceptionnelle pour un tigre en liberté. Dans cet intervalle, elle avait mis au monde cinq autres portées. Au total, dix-huit petits tigres avaient vu le jour, dont sept seulement avaient atteint l'âge adulte. Un jeune mâle avait été tué par un tigre adulte cherchant à évincer son père ; un autre s'était noyé dans une inondation de mousson. Une petite femelle, souffrant de malformations physiques, avait mystérieusement perdu la vue avant, semble-t-il, de dépérir. Les trois petits de sa cinquième portée, nés en mars 1996, étaient morts deux mois à peine après leur naissance, sans que nul ne sache vraiment ce qui leur était arrivé.

Quoiqu'il en soit, moins de dix jours après la perte de sa cinquième portée, Sita fut à nouveau aperçue s'accouplant avec Charger, un gros mâle irascible surnommé ainsi en raison de sa propension à foncer sur tout ce qui bougeait. On l'avait notamment vu, un jour, escalader à coups de griffes la croupe d'un éléphant qui s'était approché un peu trop près de lui, traumatisant au passage les touristes qui le montaient. (En réalité, Charger n'a jamais blessé personne et, à vrai dire, s'en est rarement pris à un animal. Au lieu de gaspiller son énergie, il préfère laisser à Sita et aux trois autres femelles de son domaine le soin de chasser à sa place, avant de faire son apparition pour un repas gratuit.)

La forêt était encore sombre quand nous nous mîmes en route. Notre expédition, composée de cinq éléphants, se déplaçait dans un silence presque total, mais les bruissements du matin résonnaient déjà autour de nous ; les paons s'interpellaient depuis leurs perchoirs nocturnes et recevaient en réponse les croassements rauques des volailles de la jungle, ancêtres tapageurs des poulets de basse-cour. Les entelles lançaient le hululement grave par lequel elles saluent l'arrivée du jour et s'exhortent mutuellement à la vigilance.

Devant nous, nous distinguions à peine une vaste étendue de prairies marécageuses. J'espérais y revoir Sita et, avec de la chance, entrevoir sa nouvelle portée censée se trouver elle aussi dans le secteur.

Un soir, peu de temps avant mon départ

pour l'Inde, l'ancien directeur d'un des zoos les plus prestigieux des Etats-Unis était apparu sur une chaîne de télévision nationale, vêtu d'une tenue de safari et tenant un petit tigre vivant dans ses bras. Il fournit quelques explications sur la vie des tigres, et émit des prévisions bien sombres quand à la survie de l'espèce. Il assura au présentateur de l'émission que les tigres avaient pour habitude de tuer leur proies en leur brisant le cou, puis de les enterrer pendant la nuit. Il ajouta que 2000 tigres seulement vivaient encore à l'état sauvage et qu'ils auraient tous disparu d'ici l'an 2000. Les seuls survivants se trouveraient dans des zoos.

Peut-être partait-il de bons sentiments, mais tout ce qu'il disait semblait sujet à caution. En réalité, les tigres étranglent la plupart de leurs victimes. Les lésions spécifiques que laissent leurs grandes canines sur le cou de ces dernières constituent souvent la plus flagrante des signatures. Et s'il est vrai qu'ils dissimulent leurs proies de leur mieux parmi les broussailles, les feuilles ou les herbes hautes, ils ne les enterrent pas. De même, personne ne sait au juste combien de tigres vivent encore en liberté. L'absence de chiffres fiables est l'un des aspects les plus frustrants de la lutte pour la préservation des tigres. Il ne fait aucun doute que l'espèce dans son ensemble est menacée, mais quel que soit le nombre des tigres, rien ne porte à croire qu'ils auront tous disparu au tournant du siècle ou peu de temps après… A condition toutefois que les gouvernements intensifient leurs efforts pour les protéger, que la science se penche intelligemment sur leur sort, et que les alarmistes bien intentionnés ne persuadent pas le public que leur sauvetage est une cause perdue.

On pense généralement que les tigres peuplaient les régions du sud de la Chine voici un million d'années. Ils auraient ensuite essaimé dans l'Ouest, vers la mer Caspienne, le Nord, vers les forêts de conifères et de chênes de Sibérie, et le Sud, traversant l'Indochine et l'Indonésie jusqu'aux luxuriantes forêts tropicales de Bali. Leur histoire récente est, il faut bien l'admettre, déprimante. En 1940, huit sous-espèces présumées vivaient encore à l'état sauvage. Depuis lors, les tigres de Bali, de la Caspienne et de Java ont tous disparu, et le tigre de Chine du Sud, chassé comme animal nuisible sous le régime de Mao Zedong, semble voué au même sort. Moins de trente spécimens survivraient actuellement en dehors des zoos, dispersés dans quatre zones de forêt montagneuse éparses, probablement trop peu nombreux et trop éloignés les uns des autres pour permettre de maintenir une population viable.

Il ne reste que quatre sous-espèces. Une bonne moitié des tigres survivant à l'état sauvage se trouveraient en Inde et dans les pays voisins : au Népal, au Bhoutan et au Bangladesh. Quand j'ai commencé à écrire sur les tigres indiens au début des années 1980, au moins l'avenir de l'espèce semblait-il assuré. Depuis 1970, une loi interdisait qu'on les chasse, et les contrevenants encouraient des peines sévères. En 1973, le Projet Tigre, instauré à l'initiative du Premier ministre Indira Gandhi, permit de transformer en réserves neuf parcs nationaux consacrés à la protection des tigres (ces parcs sont aujourd'hui au nombre de vingt-cinq). Le cœur de ces réserves, interdit à l'homme, devait être un "centre de reproduction pour les tigres, d'où les spécimens excédentaires pourraient migrer vers les forêts avoisinantes." De larges zones tampon, à l'intérieur desquelles les incursions humaines seraient strictement limitées, garantiraient la tranquillité des aires de reproduction. Ce projet représentait un engagement extraordinaire de la part d'une nation relativement jeune et assiégée par d'autres défis pressants; aucun pays occidental n'avait jamais déployé de tels efforts pour préserver un prédateur certes splendide, mais potentiellement meurtrier, vivant à proximité immédiate de ses citoyens.

Le programme semblait fonctionner. En 1984, l'administration des forêts indiennes déclara que le nombre de tigres sauvages avait largement doublé pour la seule Inde, passant de 1827 animaux à plus de 4000. Le Projet Tigre semblait si bien fonctionner, et l'on disait les réserves si bien peuplées, que certains naturalistes s'inquiétèrent du sort des animaux excédentaires.

Puis, les mauvaises nouvelles arrivèrent. En 1984, l'assassinat d'Indira Gandhi priva l'Inde de sa plus puissante partisane de la défense de la vie sauvage. Par la suite, à mesure que le véritable pouvoir passait du gouvernement central de New Delhi aux politiciens locaux des différents États, l'enthousiasme pour la préservation des jungles indiennes faiblit sous la pression d'un électorat pauvre toujours plus nombreux, ne voyant dans l'exploitation des forêts qu'une source facile de combustible, de fourrage et de produits forestiers. On remit en cause la véracité des résultats revendiqués par le Projet Tigre. Personne ne contestait l'augmentation du nombre de tigres. Mais pour obtenir leurs résultats si impressionnants, les instances forestières avaient basé leur recensement sur l'identification des empreintes de pattes, méthode qui s'est depuis lors avérée peu fiable. Craignant pour leur gagne-pain si le nombre des animaux placés sous leur responsabilité n'augmentait pas régulièrement, certains administrateurs des forêts avaient gonflé leurs résultats déjà incertains bien au-delà du concevable au vu des ressources locales en gibier.

Pendant ce temps, la population humaine continuait d'augmenter. Les couloirs forestiers qui devaient relier entre eux les différents parcs furent bientôt transformés en champs, inondés par des digues, truffés de mines. Beaucoup de forêts adjacentes, vers lesquelles ces couloirs étaient censés mener, disparurent purement et simplement. Il y eut de moins en moins d'espace pour les jeunes tigres, et les conflits entre tigres et humains se multiplièrent.

Puis, 1986 vit l'avènement d'un autre phénomène, mystérieux, meurtrier : les tigres se mirent à disparaître. On finit par découvrir qu'ils avaient été empoisonnés, tués, piégés. Leurs os et d'autres organes passaient en contrebande hors des frontières indiennes pour approvisionner les fabricants de remèdes traditionnels chinois. Depuis des siècles, en Chine et dans les communautés de la diaspora, on utilise des mixtures à base de tigre. Des millions de gens croient en l'efficacité de ses organes pour guérir fièvre, rhumatismes et autres maladies. A la fin des années 1980, suite à la quasi-disparition des tigres de la Chine méridionale, les stocks d'os de tigre se mirent à diminuer. Leur réapprovisionnement donna lieu à un négoce de grande ampleur. Nul ne sait combien de tigres indiens furent victimes de ce trafic, mais Ashok Kumar et Belinda Wright, dont la petite "Wildlife Protection Society" constitue le fer de lance de la lutte contre le braconnage sur le sous-continent, avancent les chiffres suivants : 94 tigres tués en 1994, 116 en 1995. Ce n'est sans doute que la partie émergée d'un tableau bien plus sombre, car la plupart des actes de braconnage passent inaperçus. Le nombre réel de tigres indiens massacrés est vraisemblablement beaucoup plus élevé.

De plus, ce commerce meurtrier menace non pas une seule, mais deux espèces en danger : en effet, les os de tigres acheminés en fraude vers le nord à travers l'Himalaya sont troqués contre de la laine provenant des carcasses de *chiru,* ou antilope tibétaine, de plus en plus rare. Cette laine est utilisée pour la confection des *shahtoosh.* Bien qu'officiellement interdits dans la plupart des pays, ces châles restent faciles à se procurer; ils sont appréciés pour leur chaleur et leur texture si fine que même un très grand modèle pourrait passer sans difficulté par l'anneau d'une bague. P.K. Sen, qui dirige le Projet Tigre, affirme que «pour chaque shatoosh, un tigre est abattu. Le massacre de ces deux espèces doit cesser.»

La première fois que je me rendis dans le Parc

national de Ranthambore, dans l'est du Rajasthan, il faisait l'orgueil du Projet Tigre avec ses lacs bleus, ses forteresses perchées sur des collines, ses ruines anciennes éparpillées dans la forêt. Il était tout

Avec une infinie tendresse,
Sita porte un de ses petits
vers un nouvel abri.

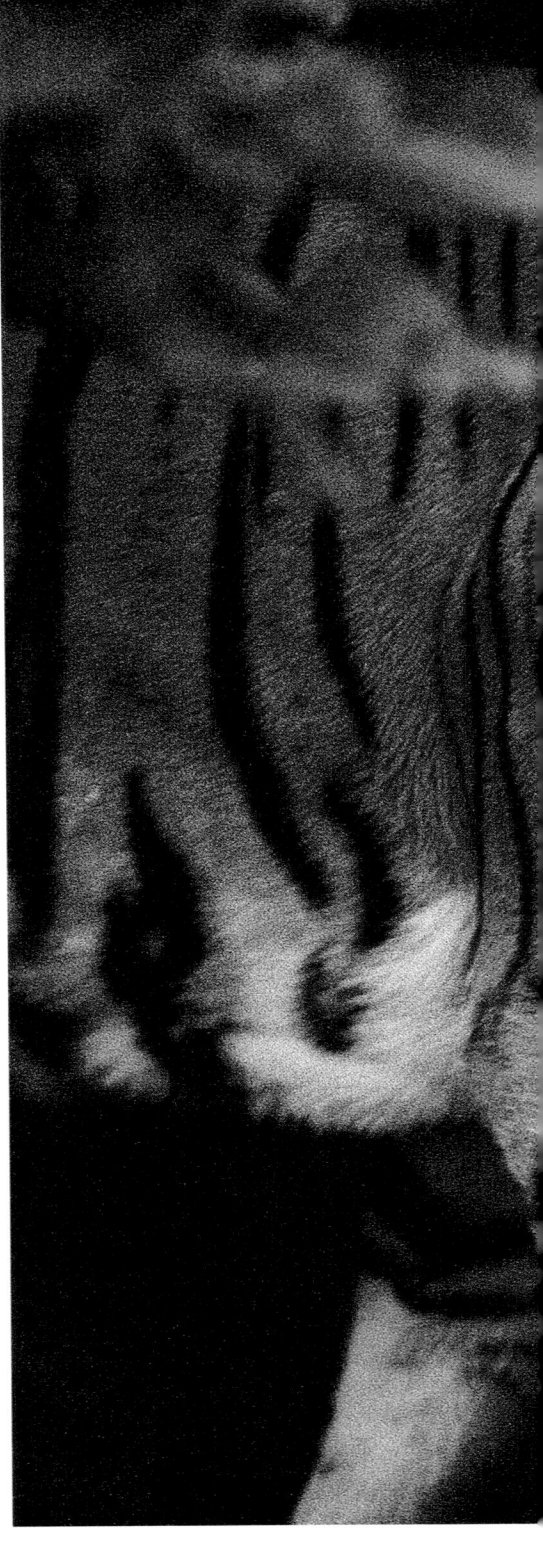

aussi réputé pour le nombre de ses prédateurs que pour l'incroyable facilité avec laquelle on pouvait les voir et les photographier. En 1986, lors d'une seule journée particulièrement mémorable, j'y observai neuf tigres différents en train de chasser, de courtiser ou de s'occuper de leurs petits. Ce jour-là, mon guide n'était autre que Fateh Singh Rathore, l'administrateur de longue date des lieux. En dix-huit années de travail acharné, il avait su transformer cet ancien petit domaine de chasse princier presque dépourvu de vie sauvage en l'un des parcs nationaux les plus réputés du continent indien - non sans manquer d'y perdre la vie. Il s'était fait battre comme plâtre par des gardiens de troupeaux furieux, résolus à faire paître leurs buffles sur les prairies que Fateh entendait préserver comme réserves de daims et de sangliers sauvages, destinés à servir de gibier à ses tigres.

Bien que Fateh ne s'occupe plus du parc depuis plus de dix ans, il réside encore à la lisière occidentale de celui-ci. Il a été le premier à constater la disparition de tigres qu'il observait depuis des années. Il estime qu'en 1993, une vingtaine d'entre eux au moins ont été tués, soit près de la moitié des effectifs supposés de l'époque. Une perte à ce point désastreuse que l'on a craint un moment que même l'extraordinaire capacité des tigres à reconstituer leurs populations ne permette pas de restaurer la situation.

A proximité de la gare de Sawai Madhopur, un panneau accueillait fièrement les visiteurs dans la "Cité des Tigres". La route qui mène de la ville au parc de Ranthambore était bordée d'hôtels souvent récents : TIGER HAVEN, MAHARAJA LODGE, ANKUR, ANURAG, HILL VIEW, VINIYAK, TIGER MOON, accueillant les milliers de visiteurs passionnés de vie sauvage qui, chaque année, continuent à affluer du monde entier pour observer les tigres.

Ranthambore a toujours été un îlot assiégé. La réserve est petite, 250 kilomètres carrés tout au plus, entourée d'un nombre croissant d'Indiens désespérément pauvres qui n'ont guère de temps ni de compassion à offrir aux tigres. Le secteur jadis destiné à devenir une zone tampon a été mis à nu par le bétail y paissant. Et privés du soutien intensif de l'Etat du Rajasthan, les administrateurs des forêts ne semblaient plus disposés à risquer leur vie pour résister à l'avancée des humains et de leurs troupeaux voraces.

Des organisations non gouvernementales, principalement la Ranthambore Foundation (qui a pour directeur des opérations le fils de Fateh, le Dr Goverdhan Singh Rathore), ont beaucoup peiné pour convaincre les habitants de l'endroit de planter des arbres dans les campagnes dévastées des alentours du parc. Soutenu par une équipe dévouée, il a amélioré les conditions d'hygiène dans certains villages, montré d'autres façons de nourrir le bétail et d'alimenter les feux de village, fait tout ce qui était en son pouvoir pour propager le credo de la sauvegarde des forêts. "L'époque des efforts isolés est révolue" affirme le Dr Rathore. "Sans le soutien des populations locales, il sera impossible de sauver les tigres". Mais Rathore et ses associés font néanmoins face à de formidables défis.

Un visiteur venant pour la première fois en ces lieux aurait pu s'y tromper sans peine. Les paons chatoyants dansaient encore çà et là au milieu des ruines éparses, s'efforçant d'impressionner les femelles perpétuellement distraites. Les singes étaient toujours perchés sur les plus hautes cimes, à l'affût des prédateurs. Le soir, les trois lacs autour desquels j'avais jadis vu les tigres rôder en plein jour semblaient encore regorger de gibier : troupeaux de sambars hirsutes, chitals par centaines, hordes de sangliers sauvages. Autour d'un des lacs, je dénombrai quatre-vingts marcassins, courant çà et là, imitant frénétiquement leurs aînés. "Merveilleux spectacle" dit Fateh, "mais mauvais signe. Ce sont des proies faciles pour les tigres. Un trop grand nombre de marcassins signifie que la prédation tend vers zéro".

Des mauvais signes, il y en avait d'autres. Aucune patrouille n'était visible nulle part. Sur les hauteurs, le long de routes interdites aux simples touristes pour cause de "réparations" invisibles, les prairies autrefois luxuriantes où les tigres traquaient leurs proies s'étaient transformées en champs de chaume mastiqués par des centaines de vaches et jonchés de leurs déjections. A la lisière occidentale du parc, des bergers provocateurs du village voisin de Manapura avaient réquisitionné un poste de garde abandonné, sur les murs duquel ils avaient griffonné leurs noms en alphabet devanagri haut de près de trente centimètres — BHARAT RAM, CHANDRA MINA, DHAN RAJ, B.L. MINA, CHOTA SINGH — à la seule fin de défier le personnel du parc qui avait prétendu leur en interdire l'accès.

En dépit de tout cela, l'instinct de reproduction des tigres de Ranthambore demeurait plus fort que jamais. Au cours des dix-huit derniers mois, trois tigresses avaient donné naissance à des portées, mais le grand mâle qui les avait probablement engendrées était mort en mai 1997, d'une blessure à l'épaule qui s'était infectée. Même l'administration des forêts reconnaît à présent qu'il n'y avait pas plus de neuf tigres adultes au sein du parc, nombre inférieur à celui que l'on avançait une trentaine d'années plus tôt, lorsque Fateh y avait commencé sa carrière, et personne ne pouvait affirmer qu'il restait ne fût-ce qu'un seul mâle capable de prendre la relève de celui qui était mort. Même si la menace du braconnage avait diminué, et si d'autres mâles robustes restaient en vie, deux ou trois autres accidents mortels auraient sonné le glas de l'existence des tigres à Ranthambore. Chemin faisant vers la gare, je demandai à Fateh ce que serait l'avenir de la "Cité des Tigres" si tous les tigres du parc venaient à disparaître. "Peut-être", soupira-t-il, "rebaptiseront-ils l'endroit Cité des Paons".

La crise du braconnage en Inde laissa

tout d'abord pantois la communauté des conservateurs. Et il y eut bientôt des preuves que le braconnage destiné au trafic d'os de tigres se perpétrait en Indochine et dans l'Extrême-Orient russe. Brusquement, tous les résultats acquis semblaient sur le point d'être balayés. On vit paraître dans la presse des articles annonçant la fin inévitable des tigres.

"Au lieu d'une impression rassurante émanant du monde des tigres" se remémore John Seidensticker, directeur de la section des mammifères au Parc Zoologique National du Smithonian, à Washington D.C., "nous avons réalisé que le tigre traversait une nouvelle crise". Lorsqu'il était jeune chercheur, ce grand barbu au verbe franc issu du Montana avait été témoin de la disparition des tigres de Java; il ne s'en est jamais remis. "C'était comme perdre un membre de ma famille", affirme-t-il, "et ma première réaction fut d'exploser de colère. Depuis, j'ai appris que la colère seule est une perte de temps. Nous devons tirer les leçons de ces tragédies, afin qu'elles ne se répètent pas".

Il fallut du temps pour apprendre ces leçons. Au début, la crise suscita dénégations, récriminations, querelles pour les fonds entre les diverses organisations de conservation, chamailleries entre les partisans de l'élevage en captivité et ceux qui voulaient à tout prix préserver l'espèce à l'état sauvage. On avança une multitude de plans de sauvetage rocambolesques, comme celui du prétendu commandant d'un corps de mercenaires se déclarant prêt à lancer ses hommes aux trousses des braconniers à travers toute l'Asie, ou la proposition d'un Britannique au zèle excessif, récoltant des fonds destinés à doter d'un collier radio chaque tigre vivant dans les réserves du Projet Tigre, de façon à pouvoir les suivre à la trace par satellite.

Mais certains progrès furent également accomplis. En 1994, des représentants de la plupart des quatorze pays où l'on trouve des tigres se réunirent à New Delhi et convinrent pour la première fois d'unir leurs efforts dans la lutte contre le commerce du tigre. L'année suivante, la société Exxon Corporation s'engagea à verser plus d'un million de dollars par an pour une campagne mondiale sur cinq ans baptisée "Save the Tiger Fund", qui serait gérée par la National Fish and Wildlife Foundation basée aux Etats-Unis. Des pressions exercées par des gouvernements étrangers, y compris celui des Etats-Unis, contribuèrent à convaincre la Chine d'appliquer l'interdiction du commerce des os de tigres. A la suite - peut-être - de cette mesure, on constate depuis 1995 une diminution du braconnage tant en Inde qu'en Russie. Belinda Wright et Ashok Kumar ne sont pas rassurés pour autant. Ils soulignent que le marché des remèdes qui, à tout le moins, prétendent contenir des produits dérivés du tigre, n'a pas diminué. Pour eux, les négociants indiens sont simplement devenus plus habiles à dissimuler leur commerce sanglant. Ce qui est sûr, c'est qu'en Inde, le massacre illégal des tigres, léopards et autres animaux sauvages se poursuit, comme perdure l'absence d'engagement officiel qui permet à ces massacres de se perpétuer.

Peut-être le plus bel espoir pour le tigre réside-t-il dans le fait que la science dite "sérieuse" s'est enfin engagée pour sa préservation dans la plupart des régions qu'il peuple.

C'était l'aube dans le parc national de Nagarahole,

dans l'Etat indien méridional du Karnataka. Deux énormes gaurs mâles, les plus gros bovidés sauvages du monde, occupaient une clairière au bord de la route. Le plus âgé ne s'était pas encore relevé de son sommeil nocturne; mais il pesait environ une tonne, et allongé de la sorte, il ressemblait à une montagne sombre. Dans ce qui me parut une tentative irréfléchie pour l'intimider, son jeune rival entama une parade au ralenti à travers la clairière, juché sur ses sabots aux guêtres blanches, restant soigneusement de profil afin de paraître plus imposant encore. Il s'arrêta près d'un grand bosquet dans lequel il fourragea lentement avec ses cornes. Le plus âgé ne sembla guère impressionné par la manœuvre. Il se leva, cependant; et d'un pas plus majestueux encore, il s'approcha d'une termitière, baissa les cornes et, d'une façon aussi posée et délibérée que possible, la renversa. Le jeune mâle attendit que la poussière se dissipe, puis se dirigea lentement vers une autre termitière de son choix.

"Cela va durer toute la matinée", soupira Ullas Karanth en tendant la main vers la clé de contact de notre jeep. Karanth fréquente la réserve de Nagarahole depuis plus de trente années, et a passé les douze dernières en qualité de biologiste de terrain pour la Wildlife Conservation Society, dont le siège se trouve au zoo du Bronx à New York. "Nous pouvons revenir plus tard, ils ne bougeront pas d'ici".

Butin d'une guerre de préservation: En Sibérie, Vladimir Chetinine (ci-contre), leader d'une brigade russe de lutte contre le braconnage, exhibe une peau de tigre saisie.

Cet échantillonnage macabre de produits dérivés du tigre (à droite) a été rassemblé aux Etats-Unis, par l'Office des Eaux et Forêts.

Il se trompait. Au moment précis où le moteur démarrait, un tigre rugit au loin dans la jungle. En un instant, les gaurs oublièrent leur rivalité et disparurent dans les broussailles. Chacun d'entre eux représentait, pour un tigre, un petit déjeuner d'une dizaine de quintaux.

Les tigres sont si beaux, si puissants, si secrets, si nimbés de mythe, que la réalité quotidienne de leur vie peut paraître prosaïque. Ils n'errent pas dans les forêts comme aiment à se le figurer les écrivains romantiques. Au lieu de cela, ils arpentent sans relâche un territoire soigneusement délimité, en quête de leur prochain repas, et prêts à repousser tout prédateur qui ferait mine d'y pénétrer. Rien que pour rester en vie, les tigres ont besoin de viande, d'énormes quantités de viande. Une tigresse du Bengale adulte seule consomme 6 kilos de viande par jour en moyenne, soit deux mille trois cents kilos par an, et plus de trois mille quatre cents si elle a deux petits à nourrir. Cela représente entre 40 et 70 proies par an. Toutes ces prédations demandent une énergie formidable; à Ranthambore, les observateurs estiment qu'un tigre fait en moyenne 10 tentatives pour capturer une proie. Dans les forêts plus denses du parc national de Kanha, il lui faut s'y reprendre à près de 20 fois. C'est pourquoi il est bien plus rentable pour un tigre de chasser les gros animaux que les petits. A Nagarahole, les tigres se repaissent fréquemment d'énormes gaurs, les préférant aux chitals bien plus menus qui constituent leur régime de base dans d'autres forêts.

Karanth et son collègue Mel Sunquist, de l'Université de Floride, ont montré que les forêts de Nagarahole fournissaient 10.120 kilos de viande par kilomètre carré. Une quantité si étourdissante de proies de tailles diverses qu'elle permet aux trois grands carnivores de l'Inde – le tigre, le léopard et le chien sauvage – de prospérer côte à côte. Dans certaines parties de la Thaïlande en revanche, où les grands ongulés ont été chassés jusqu'à la quasi-extinction, les tigres luttent aujourd'hui pour survivre en se nourrissant de porcs-épics, de singes et de muntjacs de 20 kilos. "L'Indochine, avec ses immenses forêts, devrait représenter le meilleur espace potentiel pour la préservation des tigres", affirme Karanth, "mais le gibier a été complètement massacré !"

Les études menées par Karanth, Sunquist, Seidensticker et d'autres chercheurs suggèrent que la densité de proies appropriées constitue l'indicateur le plus fiable de l'évolution probable d'une population de tigres. Et l'histoire leur donne raison. Autrefois, on blâmait la chasse et le rétrécissement de l'habitat pour expliquer la disparition des tigres de Bali, de la Caspienne et de Java. Ces deux phénomènes ont sans doute joué un rôle dans leur déclin, mais les recherches les plus récentes suggèrent que c'est la raréfaction des proies qui leur a, littéralement, rendu la vie impossible.

Karanth ne minimise pas la gravité du braconnage. "Si le braconnage perdurait au même rythme qu'au début des années 1990, il pourrait infliger le coup de grâce aux espèces vivant en Inde", dit-il, "et nous devrions être sans pitié pour tous ceux qui en profite. Mais sans doute cette pratique ne disparaîtra-t-elle jamais complètement", ajoute-t-il, "et une population florissante de tigres peut supporter un taux raisonnable de braconnage. Mettons qu'une forêt compte 24 femelles reproductrices et que, chaque année, huit d'entre elles donnent naissance à une portée de trois petits tigres. Cela nous fait 24 petits. Il est dans l'ordre des choses que la moitié d'entre eux meurent avant d'atteindre un an. S'ils sont convenablement protégés et nourris, les douze survivants vont soit se disperser, soit tuer un mâle existant et prendre sa place. Il y a donc toujours, dans une communauté saine, un excédent condamné."

Tant que les prélèvements des braconniers ne vont pas au-delà de cet excédent, explique Karanth, la population reste plus ou moins stable; dans le cas contraire, comme cela a failli arriver à Ranthambore, nul ne sait ce qui peut se produire. En revanche, si le nombre de proies vient à chuter, si les tigresses commencent à avoir du mal à se nourrir elles-mêmes - sans parler de leurs petits - les populations s'effondrent.

"Ces connaissances de base sont indispensables si l'on veut gérer convenablement les tigres", commente Karanth. "Le rôle de la science consiste à établir les normes de ce qui est susceptible d'advenir dans une réserve, et de fournir ensuite aux gestionnaires des méthodes leur permettant d'évaluer avec précision leur propre travail. Au lieu de dénombrer les tigres au petit bonheur, d'essayer de compter chaque animal, nous tâchons d'instaurer des techniques simples d'échantillonnage pour contrôler les succès et les échecs. Etudier les proies – compter les déjections des daims, analyser celles des tigres afin de voir ce qu'ils ont mangé - c'est très terre-à-terre", reconnaît-il, "mais juste après la protection, le rôle essentiel de l'administration des réserves devrait consister à accroître les ressources en gibier. Si on leur laisse suffisamment de nourriture, d'espace et de sécurité, les tigres prendront soin d'eux-mêmes."

Les trois sous-espèces qui survivent ailleurs

en Asie – les tigres d'Indochine, de Sumatra et de Sibérie (ou tigres de l'Amour) – affrontent elles aussi maintes menaces, dont la disparition potentielle des proies est assurément la plus sérieuse.

En Indochine, il reste des tigres dans six pays : le Cambodge, le Laos, la Malaisie, le Myanmar, le Vietnam et la Thaïlande. Mais durant les cinquante dernières années, tous ces pays ont connu guerres ou troubles sociaux, et les scientifiques se sont vu interdire l'accès à de larges parties de leur territoire. Si la forêt couvre toujours une grande partie de ces régions, personne ne sait quelle faune et quelle flore survivent sous sa voûte.

George Schaller, directeur itinérant des études scientifiques de la Wildlife Conservation Society, dont l'étude révolutionnaire *The Deer and the Tiger* ("Le daim et le tigre"), publiée en 1967, a posé les normes de la recherche scientifique pour le tigre, n'est guère optimiste. "J'ai bien peur qu'il ne reste que très peu de tigres en Indochine, et il y a tout aussi peu de chercheurs qualifiés pour les étudier. Vues d'en haut, les forêts semblent intactes, mais sur le terrain, beaucoup d'entre elles sont d'une vacuité alarmante. Au Laos, on peut marcher pendant des semaines dans la forêt tropicale sans apercevoir la moindre empreinte. C'est moins à cause du braconnage des tigres que parce que les autochtones ont capturé et mangé pratiquement tous les muntjacs. Les tigres survivants sont obligés de parcourir des kilomètres à la recherche de leur prochain repas. Quand on demande aux villageois s'il y a des tigres alentour, ils répondent 'oui, on en a vu un par ici il y a un an.' La plupart des populations sont trop faibles et trop dispersées pour survivre très longtemps."

Alain Rabinowitz, le collègue de Schaller, un des rares scientifiques ayant beaucoup travaillé dans la région, approuve : "On assiste partout à la disparition des daims." Quatre des six espèces qui constituaient la base de l'alimentation des tigres en Thaïlande ont été pratiquement anéanties. Le commerce des organes d'animaux sauvages reste florissant. A l'exception du Laos, ces six pays ont signé la convention CITES sur le commerce international des espèces menacées. Mais les organes de tigres continuent à se vendre au vu et au su de tous sur les marchés, à côté de fragments d'animaux dont ils se nourrissaient jadis ; dans un bazar du Myanmar, on a vu une peau de tigre se négocier quinze francs les cinq centimètres carrés, tandis que deux centimètres et demi de côtes coûtaient jusqu'à trente francs.

"Pour que les tigres survivent en Indochine, les gouvernements doivent agir vite", affirme Rabinowitz. Les populations locales ne sauveront pas ces animaux de leur propre initiative. Pourquoi le feraient-elles ? La planification à long terme, visant à impliquer les communautés locales dans la sauvegarde des tigres, n'est pas une mauvaise chose en soi. Mais nous n'avons pas le temps d'attendre qu'elles se mettent au travail. Nous devons commencer par localiser les tigres survivants. Ensuite, il nous faut un système de tri similaire à celui des hôpitaux de guerre, afin de séparer les populations qui sont suffisamment fortes et nombreuses pour avoir une chance de survivre de celles qui sont sans doute trop faibles pour s'en tirer. Enfin, les gouvernements devront désigner des zones protégées pour les tigres, puis investir les ressources nécessaires pour permettre une surveillance et une gestion draconiennes. Sans cela, nous perdrons le tigre d'Indochine".

Les nouvelles en provenance d'Indonésie sont plus encourageantes. Jadis, ce pays accueillait les sous-espèces de Java, de Sumatra et de Bali. Seuls les tigres de Sumatra ont survécu et, jusqu'il y a peu, de nombreuses instances officielles pensaient qu'ils étaient eux aussi sur le point de disparaître. Mais les recherches menées par l'équipe (en grande partie indonésienne) dirigée par Ron Tilson, directeur de la préservation au zoo du Minnesota, suggèrent que les rapports évoquant la disparition imminente du tigre de Sumatra sont peut-être prématurés. La zone étudiée, le parc national de Way Kambas, non loin de l'extrémité sud de l'île, apparaît comme une improbable source d'espoir. Plus d'un demi-million d'indigènes vivent en bordure de ce parc, et récemment, une grande partie de la forêt a été exploitée, à plusieurs reprises dans certaines zones. Jusqu'en 1995, on pensait que le parc entier ne comptait plus, au maximum, que 24 tigres. Au cours des quinze premiers mois passés à étudier une section d'environ 100 kilomètres carrés du parc, les membres de l'équipe n'aperçurent des tigres qu'à deux reprises.

Mais lorsqu'ils utilisèrent des méthodes d'évaluation modernes, y compris des appareils photo se déclenchant automatiquement au passage des animaux, les chercheurs découvrirent qu'à elle seule, la zone qu'ils étudiaient – soit un huitième du parc – recelait six tigres et en accueillait régulièrement douze autres. Ils pensent à présent que le parc de Way Kambas pourrait abriter pas moins de trente-six tigres, et ils forment des équipes d'évaluation rapide pour l'observation des autres forêts et parcs non protégés de Sumatra, afin de voir si les populations de tigres y sont également sous-évaluées. Les autorités indonésiennes estiment que jusqu'à cinq cents tigres pourraient être éparpillés dans des réserves sur toute la surface de l'île, plus une centaine supplémentaire dans des zones non protégées. Tilson et son équipe de chercheurs ont aidé le gouvernement à mettre au point un plan de gestion détaillé dans le but de sauver un maximum de tigres. "Il existe un vieux proverbe malais qui exprime la ténacité de l'esprit du tigre", explique Ron Tilson : "'Le tigre meurt, mais ses rayures demeurent'. A Sumatra, notre travail consiste à fournir à la fois les informations et les moyens nécessaires pour aider les Indonésiens à faire en sorte que non seulement les rayures, mais aussi le tigre, survivent".

Le tigre de Sibérie peuplait jadis la Mandchourie, la Corée, ainsi que l'Extrême-Orient russe. A l'exception d'une vingtaine d'individus dispersés qui subsisteraient dans le nord-est de la Chine et en Corée du Nord, son territoire se limite aujourd'hui à une simple bande de terrain montagneux longue de mille kilomètres s'étendant sur la frange orientale de la Russie. En 1992, quand le Hornocker Wildlife Institute lança son projet pour le

En bordure du parc national de Ranthambore, dans le Rajasthan, les villageois en quête de combustible et de fourrage, ainsi que les insatiables troupeaux de bétail, se sont associés pour transformer l'habitat initial du tigre en désert.

Fateh Sigh Rathore, l'ancien administrateur du domaine de Ranthambore, face à un braconnier sommairement armé. Son fils, le Dr Goverdhan Singh Rathore (ci-contre), s'emploie à persuader la population locale de planter ses propres arbres plutôt que de compter sur la forêt pour fournir ombre et combustible.

tigre de Sibérie à l'intérieur et autour de la réserve de biosphère de Sikhote-Alin, les perspectives de survie de l'animal semblaient pratiquement nulles. Une succession d'hivers rigoureux au milieu des années 1980, suivie par la période de crise économique plus grave jamais suscitée par l'effondrement de l'Union Soviétique, forcèrent les populations locales à chasser pour se nourrir, prélevant de ce fait une dîme inquiétante sur les élans, les daims et les sangliers dont dépendait la survie des tigres. La déforestation et l'exploitation minière sauvages menaçaient de réduire leur habitat. Le braconnage sévissait. Entre 1992 et 1994, quarante à soixante tigres furent piégés ou abattus chaque année, et leur peau et leurs os vendus en Chine.

Au cours des quatre dernières années, la situation semble s'être améliorée de manière spectaculaire. En 1995, le Premier ministre russe Viktor Tchernomyrdin lança un appel pour une stratégie nationale de préservation. Les patrouilles furent renforcées, la frontière chinoise mieux surveillée, le braconnage réduit.

Au cours de l'hiver 1995-96, quelque 650 hommes, dirigés par Evgeny Matyushkin de l'Université de Moscou, coordonnés par le chercheur américain Dale Miquelle, et financés dans une large mesure par l'United States Agency for International Development, entreprirent un recensement systématique des tigres de toute la région. Aucune opération de cette envergure n'avait encore été entreprise. Les traces de tigres furent suivies, mesurées et classées sur 93.000 kilomètres carrés de forêt montagneuse enneigée. Les résultats obtenus surprirent presque tout le monde : on avait détecté entre 430 et 470 adultes et petits, presque le double des chiffres avancés quelques années plus tôt à peine.

Le tigre de Sibérie semble ressortir lentement de l'oubli. Pour poursuivre dans cette direction encourageante, le Hornocker Institute, en étroite coopération avec des scientifiques russes, a élaboré un projet-cadre de protection de l'habitat visant à garantir que le territoire du tigre de Sibérie ne se rétracte pas davantage. Ce projet prévoit une zone centrale inviolée, un réseau de zones protégées reliées par des couloirs permettant aux jeunes mâles de se disséminer en toute sécurité, ainsi qu'une gestion attentive des forêts environnantes non protégées, de manière à s'assurer que la déforestation, l'exploitation minière et la construction de routes infligent le moins de nuisances possible aux tigres et à leurs indispensables proies.

"Nous restons optimistes en ce qui concerne l'Extrême-Orient russe", affirme Dale Miquelle. "Bien sûr, le braconnage continue, la déforestation est intensive, et la chasse aux ongulés excessive. Mais il reste encore une grande étendue de forêt plus ou moins intacte. La pression humaine est faible, et il est peu probable qu'elle s'accroisse. Si les Russes déboisent à un rythme raisonnable, si on arrive à convaincre les chasseurs de prélever le gibier à un rythme qui permettra aux tigres, tout comme à eux-mêmes, de se nourrir, si le besoin ou le désir de braconner peut être éliminé, la survie des tigres de Sibérie est assurée dans l'avenir prévisible."

Le plan russe pour la protection de l'habitat

du tigre a comme objectif la sauvegarde des animaux dans un seul pays. Un consortium international d'experts a également élaboré un cadre souple pour la sauvegarde des tigres dans l'Asie tout entière. La Wildlife Conservation Society ainsi que le World Wildlife Fund ont combiné des images satellite avec des évaluations préliminaires sur site pour établir une carte de l'Asie tropicale définissant 159 "Tiger Conservation Units" ou TCU (Unités de préservation des tigres) : des parcelles de forêt au sein desquelles on pense que le tigre a encore une chance.

"Ce n'est qu'un début" affirme John Seidensticker, qui préside également l'organe de conseil du "Save The Tiger Fund", qui a co-financé l'opération. «Il nous est impossible de sauver toutes les TCU. Certaines des populations les plus marginales s'éteindront au cours des prochaines années. Peut-être quelques-unes d'entre elles ont-elles déjà disparu depuis la confection de la carte. Et il se peut que des zones apparaissant comme des forêts épaisses depuis l'espace soient complètement vides d'animaux. Nous ne le savons pas encore. Nous devons à présent évaluer ces zones sur le terrain, le plus rapidement et le plus minutieusement possible, sélectionner, disons, les vingt-cinq zones offrant le meilleur potentiel de survie à long terme, et faire ensuite pression auprès des gouvernements et des organismes financiers pour qu'ils se concentrent sur la sauvegarde de ces zones-là, quelles que soient leurs décisions par ailleurs."

Au premier regard, la carte inspire le découragement. Les zones potentiellement viables semblent étroites et redoutablement éparpillées ; un examen plus approfondi ne fait qu'accroître le malaise.

Le parc national de Nagarahole, par exemple, fait partie d'une TCU de près de 650 km s'étendant sur les trois Etats indiens du Karnataka, du Kerala et du Tamil Nadu. Ce parc est l'une des 25 zones TCU de première catégorie, celles qui "offrent la plus grande probabilité de survie à long terme aux populations de tigres". Il englobe quatre des forêts les plus connues de l'Inde du Sud : Bandipur, Wynad, Mudumalai et Nagarahole. Mais à l'intérieur de ses frontières, on trouve également des implantations humaines, des collines aux flancs desquelles les étendues longilignes de plantations de café ont depuis longtemps remplacé les jungles à tigres, et des parcelles élimées de forêt qui requerront une attention soutenue avant de pouvoir contribuer efficacement à la survie des populations de tigres.

Ullas Karanth m'emmena voir une de ces parcelles : Bhadra, une réserve animalière négligée du Karnataka. Deux amis nous accompagnaient : Peter Lawton, un anglais à la barbe rousse qui représentait à l'époque la Global Tiger Patrol, une organisation basée à Londres, ainsi que Valmik Thapar, écrivain de New Delhi, grand observateur des tigres et qui, ces dernières années, est devenu leur porte-parole le plus influent dans les chambres et antichambres du pouvoir.

Bhadra est une forêt de 313 kilomètres carrés entourée de montagnes. Son sol est jonché de feuilles jaunes provenant des trois espèces de bambous qui poussent dans la zone. La plus dense produit des spires d'une douzaine de mètres de haut dont les craquements et les gémissements forment un chœur surnaturel au moindre souffle de brise. Les figuiers étrangleurs festonnent même le plus haut des arbres. Nous vîmes des éléphants et des chiens sauvages, des traces de gaurs et de chitals, des oiseaux semblables à des joyaux : grands minivets, pics d'Abyssinie, brèves du Bengale aux nuances bleu-vert, et nous nous laissâmes tout d'abord abuser par l'appel de l'arrenga siffleur, qui évoque étrangement le sifflotement d'un joyeux écolier ne sachant quel air entonner.

Nous passâmes la nuit dans un gîte situé à mi-pente sur le flanc d'une montagne. Alors que nous dînions sur la terrasse, la pleine lune illuminait des lambeaux de brouillard déchiquetés au-dessus de la forêt sombre, loin au-dessous.

Karanth est habituellement un homme pondéré, mais à l'évidence, Bhadra l'enflammait. "Il ne manque rien à cet endroit" dit-il; "avec tous ces bambous, il pourrait accueillir une vaste population de gaurs et d'autres herbivores. Je pense que Bhadra pourrait finir par produire une biomasse plus importante encore que celle de Nagarahole. Tout ce dont ce lieu a besoin, c'est de protection".

Mais Bhadra a des ennemis, aussi bien intérieurs qu'extérieurs. Les exploitants de bambou ont obtenu la permission de travailler dans les forêts. A l'intérieur de la réserve, il y a cinq petits villages dont les habitants vivent chichement du riz qu'ils cultivent dans des marais de basse altitude. Ils rêvent de routes goudronnées, d'eau courante et d'électricité, toutes les commodités que ceux qui vivent hors de la forêt considèrent comme acquises. Leur désir d'améliorer leurs conditions de vie est parfaitement compréhensible, mais l'administration des forêts est parvenue à entraver tous ces projets. Des "améliorations" de ce type, au sein de cette forêt fragile, auraient fini par la détruire.

Karanth pense qu'en définitive, les populations de tigres et les êtres humains ne peuvent tout simplement pas coexister, et que les projets destinés à bénéficier aux humains devraient se limiter à l'extérieur des parcs et des réserves de tigres. "Les tigres peuplent moins de deux pour cent des terres du continent indien. Les humains occupent tout le reste : sacrifier ces ultimes sanctuaires ne contribuera en rien à résoudre leurs problèmes. Nous pouvons protéger ces lieux si nous le voulons vraiment".

Un peu plus haut dans la montagne, un léopard se mit à gronder. Thapar admet que la protection devrait être la première des priorités, "pas seulement contre les braconniers ou les villageois pauvres mais aussi contre les intérêts miniers, compagnies forestières et tous les autres intérêts qui détruiraient nos forêts si on leur laissait l'ombre d'une chance de le faire."

"Mais qui donc peut attendre du ministère des Eaux et forêts qu'il combatte toutes ces forces ?" demandai-je. Partout où j'étais allé, les fonctionnaires semblaient – à juste titre – démoralisés, sous-payés, hésitants.

Thapar approuva : "Seul, le gouvernement est impuissant. C'est pourquoi nous essayons de constituer un mouvement parallèle composé de citoyens locaux disposés à soutenir les fonctionnaires quand ils font leur travail, et à les critiquer quand ils se laissent aller, dans un système inspiré de la carotte et du bâton."

Au début, quand j'ai commencé à visiter les forêts indiennes, les passionnés de tigres tenaient aussi farouchement à leur territoire que l'animal qu'ils aimaient, se consacrant exclusivement à la sauvegarde des forêts qu'ils connaissaient le mieux et souvent, ne se connaissant même pas les uns les autres. Le Thapar's Tiger Link, réseau couvrant l'Inde entière et composé d'individus et d'organismes intéressés par la question, s'est créé voici quelques années pour contribuer à changer tout cela. Les colonnes de sa lettre d'information sont emplies de bulletins émanant de tout le sous-continent, et donnant une vue d'ensemble vivante, mais parfois décourageante, de la situation de l'espèce. Au cours de l'été 1997, des membres du Tiger Link soutenus par leurs alliés politiques réussirent à convaincre 320 membres du parlement, représentant plus de 250 millions de personnes, de signer une pétition adressée au Premier Ministre et réclamant que le gouvernement central réorganise et renforce la protection des tigres.

En attendant, Ullas Karanth travaille comme conseiller scientifique auprès de Wildlife First, une organisation locale du Karnataka dirigée par K.M. Chinnappa, le légendaire ex-administrateur qui fit de Nagarahole un des plus beaux parcs d'Asie. L'association est constituée de volontaires dévoués, disposés à consacrer du temps pour travailler auprès des officiels dans leurs forêts de prédilection. A Bhadra, l'évolution des opérations se déroule sous le regard attentif d'un jeune planteur de café nommé D.V. Girish, qui nous avait accompagnés dans notre traversée de la réserve.

Dans le parc national de Nagarahole, les énormes gaurs constituent une part appréciable du régime des tigres qu'Ullas Karanth (ci-contre cherchant à capter les signaux émis par le collier radio d'une tigresse) étudie depuis près de douze ans.

Un membre d'une tribu locale aide Ullas Karanth à régler un des nombreux appareils photo qui ont permis de capter un irremplaçable témoignage sur les tigres de Nagarahole (ci-contre), chacun d'entre eux étant identifiable au dessin particulier de sa robe.

Ça et là au-dessous de nous, dans l'obscurité de la forêt, apparaissaient d'éclatantes éruptions de flammes orangées.

"Ce sont des feux de forêt" expliqua Girish, "allumés par des villageois qui veulent se venger du département des forêts".

Ne disposant pas de véhicules, ce dernier était bien incapable de les éteindre.

Il était clair qu'il fallait agir pour que Bhadra puisse réaliser son potentiel en tant que sanctuaire pour les tigres. Peter Lawton proposa de voir ce qu'il pourrait faire pour fournir des jeeps; Thapar et Karanth prévirent d'essayer de placer la réserve sous la protection du Projet Tigre.

Alors que nous nous souhaitions bonne nuit, l'appel du léopard continuait de retentir parmi les arbres baignés de lune.

Nous n'avons qu'une très vague idée

du nombre de tigres survivant dans les zones protégées de l'Inde. Et personne ne sait combien d'entre eux s'accrochent à l'existence en-dehors de celles-ci. Selon les estimations, ils représentent entre moins de vingt pour cent et plus de la moitié des tigres vivant en Inde. Mais je suis sûr d'une chose : ils existent.

Un matin, voici environ un an, je m'étais arrêté sur une route forestière de l'Uttar Pradesh pour me dégourdir les jambes. Le parc national le plus proche se trouvait à des kilomètres. Les arbres bordant la route appartenaient au département des forêts, mais ils étaient destinés à l'abattage, non à la préservation de la vie sauvage, et la plupart des broussailles avaient été depuis longtemps dévorées par les buffles poussiéreux aperçus çà et là, humant le peu de feuillage qui restait. Quatre hommes à bicyclette passèrent sur la route, rentrant du bazar le plus proche, des bidons de lait vides attachés à leurs selles. Un tracteur conduit par un vieux Sikh barbu haletait bruyamment derrière eux, sa remorque bourrée d'enfants joyeux et criaillants. Un camion décrépit, peinturluré de couleurs gaies, surchargé de cannes à sucre, le croisa en grondant et klaxonna au passage. Son pot d'échappement exhalait une fumée noire. De part et d'autre de cette grand-route, les feuilles les plus basses des arbres étaient couvertes de la crasse émise par le courant incessant des camions défilant jour après jour.

Mais en posant le pied sur le bas-côté poussiéreux de la route, au milieu de toute cette bruyante activité humaine, j'aperçus les empreintes d'un grand tigre mâle, larges comme des soucoupes, si nettement dessinées, si récentes, que je me retournai pour voir où il était allé. Ce faisant, j'entendis une entelle tousser avec colère depuis le sommet d'un grand arbre à ma gauche. Quelques instants plus tard, le tigre sortit de derrière un arbre, une cinquantaine de mètres plus loin sur la route. Il me renvoya mon regard, se retourna pour observer les quatre cyclistes insouciants qui venaient de passer à sa hauteur, puis traversa la route comme une flèche et disparut de l'autre côté, dans la forêt saccagée. Seuls l'entelle et moi l'avions aperçu. Il n'était resté à découvert qu'une ou deux secondes à peine, mais il s'était bel et bien trouvé là.

Combien de temps les tigres pourront-ils survivre dans des lieux aussi improbables ? C'est ce que Raghu Chundawat, chercheur et membre de la faculté du Wildlife Institute of India, s'efforce de découvrir dans le parc national de Panna et ses environs, à une journée de voiture au nord de Bandhavgarh, dans le Madya Pradesh. Panna est un parc relativement récent. Créé en 1982 à partir de l'ancien domaine de chasse de la noblesse régionale, il est placé depuis 1995 sous la protection du Projet Tigre. A l'intérieur de ses frontières, on trouve encore une quinzaine de villages surpeuplés dont le bétail dispute aux ongulés sauvages les herbes rêches des champs où poussaient jadis le blé et la moutarde.

La rivière Ken serpente au cœur de la réserve de Panna. Tandis que sur une berge, Chundawat et moi parlions, assis sur un gros rocher poli par les eaux, trois crocodiles immobiles étaient couchés au soleil sur l'autre rive. Un immense arjun se dressait non loin de nous; son épais tronc gris argenté portait les zébrures des griffes de générations d'ours affamés qui l'avaient escaladé en quête de miel.

Chundawat m'expliqua que s'il avait choisi Panna comme zone d'étude, c'était parce que l'ampleur des nuisances humaines et la faible densité de proies sauvages y sont caractéristiques des forêts tropicales sèches au sein desquelles la plupart des "tigres oubliés" du sous-continent luttent pour survivre. Les données préliminaires rassemblées par Chundawat sont une preuve patente de la difficulté de cette lutte.

Après une surveillance intensive basée sur les colliers radio et de longues heures d'observation rapprochée, Chundawat estime que Panna abrite quelque vingt tigres (dont tous, sauf cinq, sont des petits). Sur le papier, le parc qui s'étend sur près de 345 kilomètres carrés semble assez vaste pour accueillir une population bien plus importante. Ainsi, Ranthambore, qui fait grosso modo trois quarts de la taille de Panna, aurait hébergé jadis plus de quarante tigres. "Mais les tigres ne vivent pas sur le papier", explique Chundawat. Le mâle résident doit sortir régulièrement du parc en quête de nourriture, prélevant généralement le bétail des villages qui ne lui fournira qu'un seul repas, et ne revenant jamais vers ses proies de peur que des bergers en colère ne l'attendent." "Une seule des trois tigresses élevant ses petits peut se nourrir sans quitter la relative sécurité du parc. Les autres sont obligées d'en sortir régulièrement pour aller chasser. Elles courent un risque toujours plus grand d'être tuées par des braconniers, empoisonnées ou renversées par un des camions qui passent devant le parc à toute heure du jour et de la nuit.

Chundawat n'est guère optimiste quant aux perspectives de survie des tigres de Panna : si l'Inde est incapable d'agrandir ces endroits et de vraiment les protéger, si l'on n'encourage la multiplication des différentes espèces, "j'ai peur" dit-il "que ces tigres soient condamnés. Ils ont des ressources incroyables, et cela prendra un certain temps, mais ils finiront par disparaître".

Préserver des forêts pour les tigres est une chose,

s'assurer qu'elles le resteront en est une autre. Personne ne contredit John Seidensticker : "Tant qu'ils vaudront moins vivants que morts, les tigres ne seront pas en sécurité". Mais c'est beaucoup demander dans des pays où l'espace vital est précieux, et où des millions de gens continuent à dépendre de la nourriture, du combustible et des autres produits que les forêts leur ont toujours fournis. En Inde, pour faire face à ce défi, le Global Environment Facility et la Banque mondiale soutiennent un ambitieux programme de développement écologique de 435 millions de francs, visant à réduire la pression humaine sur cinq réserves de tigres. S'il s'avère efficace, ses initiateurs espèrent l'appliquer à plus de cent autres zones protégées. Les contempteurs craignent que de telles sommes, investies si rapidement dans si peu de zones, n'endommagent des régions déjà fragiles en y introduisant de nouvelles routes et d'autres améliorations matérielles, plaisant certes aux humains mais ne faisant que menacer davantage la vie sauvage.

Des projets plus modestes très prometteurs suivent également leur cours. Des villageois ont été encouragés à revaloriser et à reboiser plus de dix kilomètres carrés de forêt dégradée en lisière du parc national de Royal Chitwan, au Népal, et autorisés à conserver la moitié des revenus générés par la venue de touristes passionnés de vie sauvage. Au cours de la seule première année, les villageois ont récolté plus de deux millions de francs en droits d'entrée. Mieux encore, du point de vue de la nature, un mâle résident, une tigresse, ses deux petits et plusieurs mâles de passage se sont établis dans la zone, tandis que douze rhinocéros au moins se reproduisaient à l'intérieur du parc. Un terrain de 17 kilomètres carrés a récemment été adjoint à la zone, et d'autres villages des environs du parc ont émis le souhait de développer leurs propres forêts touristiques. Eric Dinerstein du WWF, qui a participé à l'encadrement du projet, est enchanté : "Cela aide à assurer la survie du parc, sans compter l'agrandissement de la zone protégée. Si nous n'élargissons pas la forêt à chaque fois que nous en avons l'occasion, nous finirons comme des conservateurs de petits musées, cataloguant sans fin leurs anciennes collections au lieu d'en créer de nouvelles". De tels avantages, directement dérivés de la vie sauvage, offrent un véritable espoir pour le futur, même si chaque parc et chaque pays concerné requièrent des solutions qui leur sont propres.

En attendant, à Chitwan comme partout où les tigres survivent, la protection passe par un sévère maintien de l'ordre. "Cela ne changera jamais" affirme le Dr Karanth. "Le facteur criminel existe même dans les villes les plus raffinées. Ici, nous devons le gérer de la même façon. Nous pouvons protéger nos forêts, si nous en avons la volonté. Vous devriez voir Kaziranga, dans l'Assam. C'est le parc le mieux défendu de toute l'Asie".

Karanth a raison. "Dans les autres parcs, seul Dieu peut empêcher qu'on tue les tigres", affirme Bhupen Talukdar, un des trois fonctionnaires chargés de combattre le braconnage à Kaziranga. Et ce barbu farouche portant des bagues d'argent à chaque doigt ajoute : "Ici, c'est nous qui le faisons".

Il dit vrai, bien que les tigres ne soient que les bénéficiaires involontaires de la mission première de ces fonctionnaires : la protection du rhinocéros unicorne. Kaziranga, longue plaine alluviale bordant le Brahmapoutre, est l'un des derniers bastions de ces énormes animaux myopes.. Il n'en restait que quelques spécimens isolés quand ses prairies, forêts semi-persistantes et marais furent déclarés zone protégée en 1903. Aujourd'hui, ils sont plus de 1200, soit plus de la moitié du total des rhinocéros indiens sauvages. Tout comme l'os de tigre, la corne de rhinocéros est très rentable. On l'utilise dans la médecine traditionnelle chinoise, et une seule corne peut rapporter plus de 52.000 francs au marché noir – plusieurs fois le revenu annuel moyen des gens vivant autour du parc. Entre 1989 et 1993, en Inde, 266 rhinocéros ont été massacrés pour leur corne. Durant la seule année 1992, Kaziranga a perdu 49 animaux.

Mais, explique Talukdar, "le rhinocéros est présent dans l'inconscient collectif de l'Assam. On prétend que le seigneur Krishna

Neuf ans après son incarcération, ce tigre de Sumatra, jadis sauvage, continue à souffrir d'anxiété; il fait partie d'un programme d'élevage en captivité du "Taman Safari Indonesia", près de Jakarta.

Le territoire de ce tigre russe est si vaste (ci-contre) qu'on utilise des hélicoptères pour pister l'animal (ci-dessus). Fils d'Olga, une tigresse équipée d'un collier radio, il rôde quotidiennement sur 420 kilomètres carrés à la recherche de nourriture.

l'a fait venir en Assam pour combattre un mauvais roi, l'utilisant comme un char d'assaut. Nous sommes déterminés à le protéger." En 1994, avec deux collègues aussi intrépides que lui, Pankaj Sharma et Dharanidhar Boro, il fut chargé de mener la lutte quotidienne indispensable pour permettre à l'Inde de sauvegarder l'espèce et l'extraordinaire écosystème sur lequel elle règne.

Kaziranga a de nombreux problèmes en commun avec les autres réserves naturelles d'Asie, plus quelques-uns qui lui sont propres. A l'instar de Ranthambore, elle est dangereusement petite (elle s'étend sur 267 kilomètres carrés à peine), et les plans de longue date concernant son expansion sont tous gelés. Elle ne possède pas de zone tampon : les villages et les rizières alentour sont directement adossés à ses limites. De l'autre côté du Brahmapoutre se dressent des camps surpeuplés de réfugiés du Bangladesh, dont certains sont prêts, contre rémunération, à conduire nuitamment les braconniers à l'intérieur du parc et à les en ramener. Souvent, les finances de l'Etat ne sont pas à la hauteur. La première fois que je visitai le parc, ni les gardes forestiers ni les quelques 400 gardes travaillant pour eux n'avaient été payés depuis des semaines. Les fusils vétustes des gardes ne pouvaient rivaliser avec les armes automatiques des intrus. Souvent, les munitions manquaient. Des organisations étrangères ont proposé leur aide en fournissant au parc un bateau à moteur pour patrouiller ses voies d'eau, ainsi que trois jeeps pour sillonner ses routes.

Pour les gardes, les menaces sont également d'ordre naturel ; les hommes doivent être constamment sur le qui-vive contre d'éventuelles charges de rhinocéros. On me montra l'endroit où, une nuit, un tigre avait saisi un travailleur endormi par la tête et avait réussi à l'emporter, en dépit des efforts frénétiques de ses camarades qui s'étaient agrippés à ses jambes pour tenter de le ramener. Pour couronner le tout, à chaque mousson, la rivière inonde ses berges, noyant des centaines d'animaux et en repoussant des centaines d'autres - tigres, rhinocéros et éléphants inclus - vers la route surélevée qui longe une des lisières du parc et les collines voisines, où ils deviennent des cibles faciles pour quiconque possède une arme.

Malgré tous ces obstacles, les administrateurs de Kaziranga parviennent à faire front : en quelques années, le braconnage a fortement diminué. "Nous sommes sur pied de guerre", affirme Dharanidar Boro, "et nous combattons de tout notre cœur". Il n'exagère pas. Des braconniers, mais aussi des gardes, ont été tués dans la lutte pour la préservation de cet endroit extraordinaire. Il y a quelque 120 avant-postes permanents aux frontières du parc. Dans les dix minutes suivant un coup de feu, des unités armées peuvent être sur place. Ce laps de temps peut suffire à un braconnier expert pour scier la précieuse corne d'un rhinocéros et sortir du parc à toute vitesse, mais en quatre ans, vingt intrus au moins ont perdu la vie en tentant de le faire. Il est cependant pratiquement impossible de braconner le tigre à Kaziranga. "Personne ne peut dépouiller un tigre si rapidement", explique Talukdar, "ni l'enterrer ; l'odeur persisterait pendant des mois, sans qu'on puisse la camoufler».

Aussi Kaziranga, pratiquement interdit d'accès aux braconniers et où le gibier abonde, reste une sorte de paradis pour les tigres et leurs proies. Sous la direction d'Ullas Karanth, une équipe de jeunes chercheurs travaillant avec des pièges photographiques dans une petite partie de la réserve a récemment photographié suffisamment de spécimens distincts pour permettre à Karanth d'estimer que Kaziranga abrite à présent plus de 85 tigres, jeunes inclus. Chacun possède des rayures qui lui sont propres, explique Karanth, «une sorte de code barre grâce auquel nous pouvons les identifier ». La densité de proies et de tigres pourrait même dépasser celle de Nagarahole.

Mais un jour ou deux passés à parcourir les routes de Kaziranga démontrèrent également, de façon éclatante, que le tigre n'est que l'acteur le plus charismatique d'une scène bondée. Au-dessus des herbes géantes, sur un fond de ciel bleu kodachrome, des volées piaillantes de perruches vertes tournaient autour de fromagers couverts de fleurs cramoisies. Des efflorescences charnues ayant la taille et la forme d'un gant à six doigts jonchaient le chemin devant nous, formant un tapis rouge sous les roues de notre jeep. Plus loin, un serpentaire bacha se démenait pour prendre son envol, un grand coucal dans ses serres.

Partout où les murs d'herbes denses s'écartaient pour révéler des clairières, on voyait une extraordinaire profusion d'animaux ; des centaines de sangliers, cerfs-cochons du Gange et barasingas, des groupes de buffles noirs au poil lustré et aux cornes pareilles à des cimeterres, des rhinocéros aussi imposants que des camions de pompiers. Un jour, en fin d'après-midi, sur la berge d'un lac peu profond, deux troupeaux d'éléphants se croisèrent gravement en file indienne sans s'accorder le moindre regard. Je dénombrai 58 femelles et leurs éléphanteaux, ainsi qu'un magnifique mâle solitaire, avant qu'ils ne se glissent dans les herbes hautes et y disparaissent.

Le lendemain matin, une femelle rhinocéros, inquiète pour son petit et alertée par le bruit de notre jeep, fit soudain volte-face dans un nuage de poussière et nous chargea. Sharma est un homme de haute taille et à la voix forte ; mais lorsqu'il frappa dans ses mains et cria pour tenter essayer de l'effrayer, elle continua à foncer vers nous à une vitesse incroyable ; son corps massif semblait flotter au-dessus du sol, tête dressée, oreilles tendues pour mieux localiser le bruit suspect. On aurait dit un camion se ruant droit sur nous.

Notre jeep démarra. La femelle rhinocéros nous perdit de vue, ralentit, huma l'air autour d'elle et s'en retourna paître.

Tout les soirs, au crépuscule, en revenant vers notre quartier général, nous croisions des brigades anti-braconnage qui partaient arpenter les chemins sinueux de la forêt. Ces hommes sont les véritables héros de la lutte pour la préservation de la vie sauvage. Ils avancent dans la brume, par petites équipes de deux ou trois, vêtus de tenues élimées, armés de fusils. Sans eux, ce monde magique aurait depuis longtemps disparu. Si cela ne s'est pas produit, en dépit de toutes les difficultés, c'est bien la preuve évidente qu'avec l'aide des scientifiques et le soutien et la compréhension du reste du monde, les Asiatiques sont capables de préserver leurs propres forêts; le tigre et son environnement ont encore un avenir.

De retour à Bandhavgarh,

sur les traces de Sita, le soleil brillait haut dans le ciel. Loin au-dessus de nos têtes, un essaim d'abeilles, réveillé par la chaleur de ses rayons, se mit à bourdonner. Notre éléphant poursuivait son chemin à travers les marais, laissant des empreintes aussi larges que des corbeilles à papier.

Les signes de la présence des tigres étaient partout. Des traces s'entrecroisaient dans la boue noire. Enfoui au milieu des herbes hautes, un tas d'os blanchis était tout ce qui restait d'un chital.

Un chaus gris-brun au poil brillant, de la taille d'un chat domestique, sauta silencieusement sur un arbre mort, idéal pour observer ce qui se passait en contrebas, dans l'herbe où quelque chose de menu s'agitait. Il s'arqua au maximum pour mieux sauter, disparut un instant, et revint vers son tronc en tenant dans sa gueule une souris qui se débattait. Il nous regarda passer avant de s'accroupir pour manger.

Le cornac orienta son éléphant sur la gauche, vers un ruisseau serpentant au pied des collines.

Le pachyderme se mit à gronder presque imperceptiblement.

Il y avait un tigre tout près.

Le cornac se pencha en avant, scrutant les taillis.

C'est alors que nous vîment Sita, vautrée sur un massif d'herbe surplombant le ruisseau. La cage thoracique cramoisie d'un chital à moitié dévoré gisait quelques pas plus loin. Sita me fixa d'un œil placide, exactement comme onze ans auparavant. Apparemment, les tigres n'assimilent pas les fardeaux bruyants et disgracieux que portent les éléphants à des êtres humains, car la vue d'un homme ou d'une femme marchant dans la forêt à 200 mètres de là l'aurait fait détaler dans la forêt. Elle roula sur elle-même et se rendormit, les quatre pattes en l'air, le ventre blanc tourné vers le ciel.

Il n'y avait aucune trace des petits ; ni empreintes dans la boue, ni grognement révélateur parmi le pépiement lointain des oiseaux.

Avait-elle perdu cette portée-ci, tout comme la précédente ?

Au bout d'un moment, le cornac enjoignit à son éléphant de s'éloigner. Il traversa le ruisseau en pataugeant, puis longea le pied de la colline.

A présent, le soleil était haut dans le ciel, la forêt silencieuse.

Nous commençâmes l'ascension; le cornac gardait les yeux fixés sur le flanc de la colline.

Il fit halte, sourit, et leva le doigt pour désigner un point à travers le feuillage. Il me fallut un moment pour apercevoir les trois petits tigres, grands comme des cockers, étendus sur un petit promontoire rocheux à une trentaine de mètres de nous. Les deux femelles s'étaient assoupies, mais leur frère était bien éveillé, avec sa grosse tête et ses pattes disproportionnées par rapport au corps. Ses yeux brillants nous effleurèrent pour se poser sur sa mère en contrebas, attendant qu'elle lui fasse signe de dévaler la colline pour venir manger.

Ici à Bandhavgarh, comme dans chaque forêt où il reste assez de nourriture et où les intrus humains sont tenus à distance, le cycle de la vie des grands félins se poursuit. Tout en observant et en écoutant, je me remémorai une phrase de Dale Miquelle : "Nous devons trouver la formule magique qui permettra au tigre et à l'homme de coexister. Ce n'est pas un but illusoire. Et elle pourrait aussi permettre la survie de l'homme. Après tout, nous partageons le même écosystème. Si nous sommes incapables de sauver le plus magnifique des animaux de cette planète, comment pourrons-nous le faire pour nous-mêmes ? Je ne pense pas que la cause des tigres soit désespérée" ajouta-t-il. "Pas plus que la nôtre, en tout cas".

Je retournai en Inde

quelques mois plus tard pour une nouvelle visite. Sita et ses petits prospéraient au cœur de Bandhavgarh; mais Charger, le père pré-

Assam, parc national de Kaziranga. Des gardes forestiers armés patrouillent à dos d'éléphant pour contrer les braconniers de rhinocéros (ci-contre), prêts à essuyer des fusillades qui ont déjà fait des morts dans les deux camps.

sumé de ses trois dernières portées, s'effaçait – disait-on – à l'arrière-plan, sérieusement blessé par une série d'accrochages avec un mâle plus jeune, déterminé à lui ravir son territoire – et ses tigresses.

Mais plus que jamais, il était clair que la bataille pour la sauvegarde du tigre se livrerait réserve par réserve, parc après parc. Dans le nord, des villageois avaient empoisonné plusieurs tigres après que des prédateurs maraudant hors des limites de deux parcs s'en soient pris à leur bétail. On perdit huit tigres en deux mois à peine. Le déclin du braconnage avait été de courte durée : en 1997, le nombre de saisies de peaux et d'os de tigres augmenta. Mais on entendit également dire qu'à Hong Kong, conservateurs et praticiens de la médecine chinoise traditionnelle étudiaient sérieusement la possibilité de trouver des substituts valables aux produits dérivés du tigre : deux chercheurs affirmaient qu'un mélange d'os de chien et de chevreuil produisait les mêmes effets analgésiques et anti-inflammatoires présumés que les os de tigre, et envisageaient de poursuivre les analyses.

Les élections législatives en Inde provoquèrent la destitution de nombreux parlementaires qui avaient réclamé l'amélioration des mesures de protection du tigre, ainsi que la chute du Premier Ministre qu'ils avaient poussé à l'action. Si bien qu'en fin de compte, rien ne se concrétisa. "La pétition a vraiment constitué un précédent historique en tant qu'expression d'une volonté politique", me déclara Valmik Thapar. "Le gouvernement joue toujours un rôle crucial. Nous devons continuer à l'encourager à faire mieux. Mais plus que jamais, on voit aussi que le gouvernement seul ne pourra pas sauver nos forêts. Nous avons besoin de l'assistance des simples citoyens de partout, tant d'ici que de l'étranger".

A Bhadra, un tigre avait récemment été tué par un engin explosif placé dans une carcasse de vache, mais Wildlife First avait réussi à faire cesser l'exploitation du bambou à l'intérieur du parc. La réserve elle-même devait bientôt être intégrée au Projet Tigre, et trois jeeps, fournies par la Global Tiger Patrol, arpentaient déjà les routes forestières. Des véhicules supplémentaires étaient sur le point d'être livrés par le Karnataka Tiger Conservation Project, en grande partie financé par la Wildlife Conservation Society et le Save the Tiger Fund. On avait même commencé à étudier un projet de transfert des villageois mécontents de Bhadra vers des terres comparables en dehors du parc, où ils pourraient enfin jouir des avantages matériels auxquels ils aspiraient.

Et à Ranthambore, où le braconnage et la médiocrité de la gestion avaient semblé annoncer un désastre certain, les nouvelles étaient à nouveau bonnes. Un nouvel administrateur avait été nommé à la tête du parc. Originaire du sud de l'Inde, au verbe mesuré mais au caractère inflexible, G.V. Reddy était déterminé à défendre ses tigres envers et contre tout. Il parvint à remonter le moral de ses troupes et, pendant la mousson – lorsque même la jungle sèche de Ranthambore reverdit et que les bergers envahissent traditionnellement le parc pour y engraisser leurs troupeaux – c'est lui qui conduisit ses hommes sur le terrain. Au terme d'une série d'affrontements, il réussit à maintenir ses positions, pour la première fois depuis des années. La fermeté de Reddy n'apporte pas de solution permanente aux problèmes de Ranthambore ; seule une paix durable avec les habitants des environs du parc peut la garantir. Mais elle a permis de gagner un temps précieux, et, pour l'instant du moins, Ranthambore semble connaître une renaissance.

Fateh m'emmena à nouveau dans le parc. Nous nous arrêtâmes un moment à côté de quelques autres jeeps bondées de touristes qui se bousculaient pour apercevoir à travers les buissons épineux trois bébés tigres qui gambadaient autour de leur mère endormie.

Ensuite, nous continuâmes plus avant dans la forêt, là où les visiteurs ordinaires n'ont pas le droit de pénétrer.

La piste poussiéreuse se fit plus dure quand nous commençâmes à descendre entre les hautes parois d'un canyon sombre et étroit.

Fateh freina brusquement. Deux tigres adolescents étaient tapis au-dessus de nous, un mâle et une femelle, à quelques mois à peine du moment où ils quitteraient le giron de leur mère pour aller revendiquer leur propre territoire. La tigresse se trouvait un peu plus bas sur la colline, complètement indifférente à notre présence, sa robe orange luisant sur le rocher noir tandis que d'une de ses pattes massives, elle coinçait l'épaule d'un chital et en arrachait des lambeaux de viande avec ses dents.

La forêt était silencieuse à l'exception du craquement des os dont l'écho ricochait entre les parois… comme cela se passait sans doute voici des milliers d'années, et comme, espérons-le, cela se passera encore pendant des millénaires. ▶

Sur la rive boueuse du Brahmapoutre, une patrouille du département des forêts passe devant une empreinte de tigre.

Le tigre est le produit accompli de millions d'années d'évolution. Il est le plus grand des félins, un prédateur puissant, massif, parfaitement adapté aux embuscades et à la capture de proies faisant plusieurs fois sa taille, le souverain incontesté des forêts et des prairies sur lesquelles il règne. Mais le tigre est aussi un animal étonnamment vulnérable. Près de la moitié des tigres nés en liberté n'atteignent pas l'âge adulte, et moins de la moitié des survivants parviennent à se constituer un territoire ou à élever leur propre progéniture.

Pour assurer la survie de l'espèce, des tigresses comme Sita doivent prendre d'incroyables précautions afin de protéger leurs petits. Elles commencent par choisir l'endroit le plus isolé qu'elles peuvent trouver pour mettre bas. Les petits tigres naissent aveugles et sans défense, et jusqu'à l'âge de deux mois, ils dépendent entièrement du lait de leur mère. Pendant cette période, ils sont exposés à une multitude d'ennemis naturels : hyènes, chiens sauvages, ou léopards. Même un mâle de passage peut représenter une menace pour des petits qui ne sont pas les siens. Afin de minimiser ces dangers, les tigresses dissimulent soigneusement leurs rejetons, transportant avec précaution les petits tigres vers une autre cachette dès qu'elles sentent qu'un endroit a été par trop perturbé.

Au cœur de la forêt de
Bandhavgarh, Sita protège
un de ses trois petits, âgés
de deux mois.

Sita s'assure que ses petits restent soigneusement cachés lorsqu'elle n'est pas à proximité pour les nourrir et les toiletter.

De retour de la chasse, Sita fait sortir ses petits de leur cachette.

Avant de repartir à la recherche de nourriture, Sita marque son territoire de ses griffes sous l'œil attentif d'un de ses petits, avant de le repousser dans la tanière où il restera jusqu'à son retour.

Entre deux parties de chasse, Sita
passe juste assez de temps dans
sa tanière pour s'occuper de ses
petits et se reposer. Elle accueille
un de ses petits affamés.

Parmi les intrus qui s'introduisent dans le monde des tigres indiens, on compte désormais, chaque année, des milliers de touristes autochtones et étrangers. Hôtels et pavillons se sont mis à proliférer autour des réserves les plus réputées, produisant de coquets bénéfices pour les tours opérateurs et les entrepreneurs basés dans les villes, mais grevant souvent de précieuses ressources en eau et en énergie. La classe moyenne indienne, qui croît rapidement, commence à manifester un intérêt encourageant pour la préservation de la nature. Mais les règlements destinés à contrôler le comportement des visiteurs dans les forêts sont souvent ignorés lorsqu'il s'agit d'apercevoir un tigre à tout prix. Dans le même temps, les programmes permettant aux populations vivant autour des parcs et réserves de tirer directement parti du tourisme doivent encore se concrétiser, et la présence d'étrangers riches dans des forêts dont les populations locales sont bannies demeure une source de dangereux ressentiment, une menace permanente pour la survie des lieux sauvages subsistant sur le sous-continent.

A la recherche de Sita et de ses petits, des éléphants convoient les visiteurs à travers les paysages de Bandhavgarh.

A l'abri dans leur jeep, des amateurs hollandais de vie sauvage se concentrent sur leurs cibles. Dans certaines forêts, les tigres semblent pratiquement ignorer les visiteurs, à condition qu'ils restent dans leur véhicules ou à dos d'éléphant.

Charger, le compagnon de Sita, s'insurge face à une jeep envahissante.

"Il n'existe rien de plus libre qu'un tigre sauvage en liberté", écrivait le spécialiste américain Charles McDougal, ajoutant : "Peu de choses sont aussi pathétiques qu'un tigre derrière les barreaux." Le grand mâle de la page ci-contre vivait autrefois en liberté. C'est un des "tigres oubliés" de l'Inde, qui parviennent à survivre hors des zones protégées. Une nuit, il a purement et simplement surgi dans le parc national de Madhav, dans le Madhya Pradesh, où l'on pensait qu'il n'y avait pas de tigres. Attiré par la présence d'un groupe de jeunes femelles, il a bondi dans un enclos entouré de barrières supposées infranchissables. Ce faisant, il s'est blessé si grièvement qu'il est désormais impossible de le relâcher. Il terminera sa vie derrière les barreaux.

On ne sait pas au juste combien de tigres vivent actuellement en captivité. Leurs conditions de détention varient de la cruauté au confort. Certains d'entre eux font office d'animaux de compagnie hors gabarit. D'autres servent à divertir et à enrichir leurs propriétaires.

Cepedant, John Seidensticker, directeur de la section des mammifères du National Zoological Park du Smithonian, estime que dans les zoos bien gérés, les tigres en captivité sont les "ambassadeurs des tigres sauvages... vivant, respirant et rugissant", doublures de leurs cousins libres. Les meilleurs zoos surveillent d'ailleurs méticuleusement l'élevage de leurs tigres pour s'assurer que, si la bataille pour la préservation du monde des tigres sauvages venait à être perdue, l'espèce elle-même ne s'éteindrait pas.

Dans le parc national de Madhav, des tigresses en captivité, nées de tigres capturés, arpentent leur enclos. Produits d'une tentative avortée d'élevage lancée par un ancien maharaja local, ces animaux n'ont jamais appris à chasser le gibier sauvage. Ils ne peuvent donc être relâchés dans la nature de peur qu'ils ne s'attaquent au bétail domestique ou aux êtres humains.

Ce mâle blanc qui n'appartient à aucune sous-espèce n'est pas non plus albinos. C'est un tigre ordinaire présentant une déficience de pigment sombre sur sa robe. Il mène une triste existence au zoo de Bhopal, capitale du Madhya Pradesh.

On prétend que tous les tigres blancs descendent de Mohan (ci-dessus) qui fut capturé près de Bandhavgarh en 1951, élevé, puis empaillé pour le musée privé du Maharaja de Rewa. L'expert en tigres Roy, partenaire du duo de Las Vegas «Siegfried et Roy», prend plaisir à montrer des animaux tels que ces petits tigres qui l'entourent. Si leur robe peut paraître élégante sur scène, les généticiens considèrent que la lignée de ces animaux n'est pas nécessaire au maintien de sous-espèces saines captives.

Betty Young, une passionnée de tigres originaire de l'Arkansas, règne sur une ménagerie privée de plus de 50 tigres. En dépit de leur nombre, elle continue à les laisser s'accoupler. Le petit tigre Major Bill (à droite) dormait régulièrement dans son lit malgré une tendance à ronfler.

La plupart des tigres de Betty Young ont été abandonnés par des propriétaires sans discernement, qui ont trouvé trop difficile de garder un animal familier de 200 kilos exigeant jusqu'à 2500 kilos de viande crue par an.

Afin d'améliorer la qualité de vie de leurs tigres en captivité, les dresseurs de Marine World de Vallejo, en Californie, encouragent leurs pensionnaires à se constituer un territoire artificiel. Les rondes quotidiennes de ces jeunes tigres incluent des visites au bassin des morses ainsi qu'un arrêt devant les poubelles (ci-contre).

Des employés du Marine World utilisent une voiturette de golf pour aider Rakhan, un tigre du Bengale âgé de 16 ans et souffrant d'arthrite, à parcourir son "territoire".

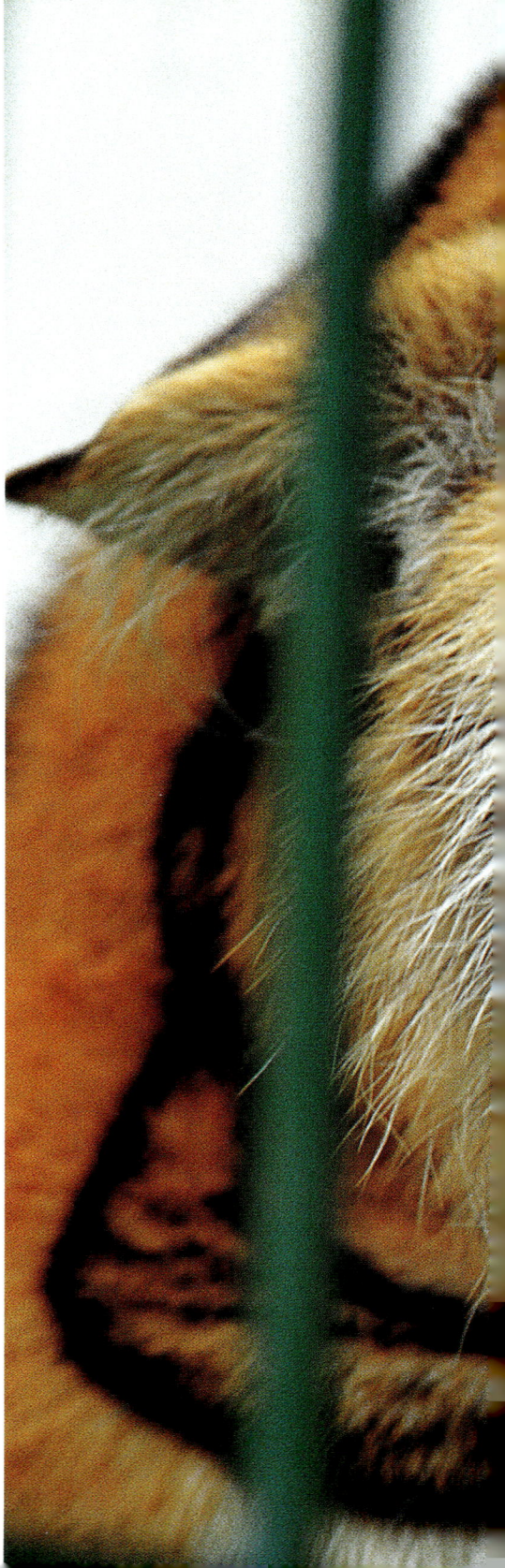

Tigre sauvage en captivité dans un zoo indonésien.

Pour apprendre à mieux connaître la reproduction des tigres, les vétérinaires du Zoo Henry Doorly à Omaha ont anesthésié une tigresse de Sumatra pour pratiquer une insémination artificielle (ci-contre). L'opération échouera, comme c'est presque toujours le cas, mais les scientifiques ne désespèrent pas de trouver une façon d'éviter la consanguinité chez les tigres sauvages grâce à l'apport de gènes neufs issus d'individus vivant ailleurs.

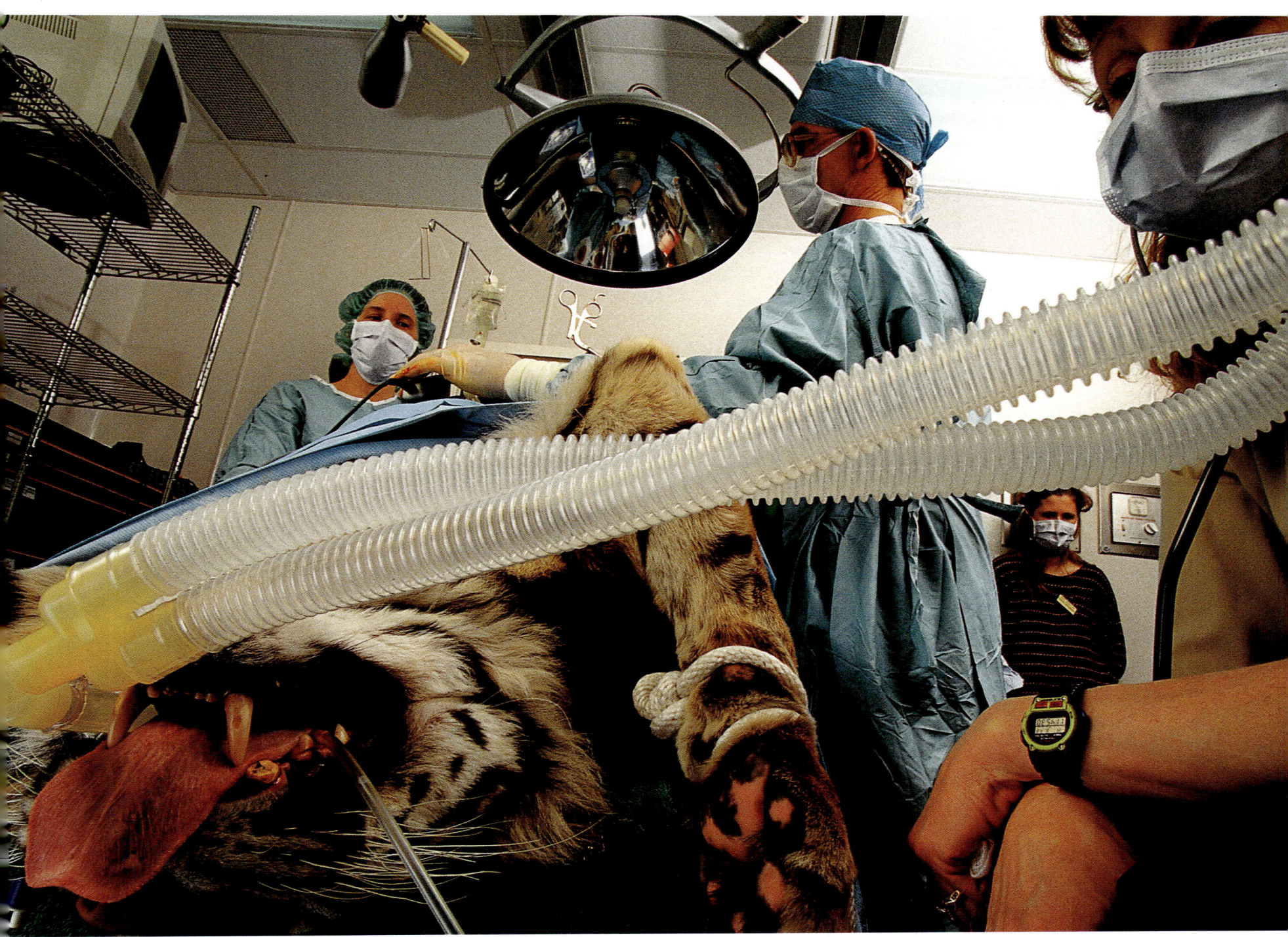

Le rôle du tigre mâle dans la perpétuation de l'espèce à l'état sauvage est certes crucial, mais aussi très limité. Parfois, les mâles partagent leurs proies avec les tigresses, tolèrent au moins la présence de leurs propres rejetons et repoussent d'autres mâles pouvant représenter une menace pour eux. Mais pour le reste, ils n'interviennent pas dans l'éducation de leurs petits. Charger, le compagnon de Sita (ci-contre figé en plein saut) a chassé le père de ses premiers petits en 1992 et s'est emparé de son territoire, avant d'engendrer au moins trois des portées de Sita. Mais ses jours de tigre dominant sont comptés. Il est rare qu'un mâle parvienne à régner plus de quelques années sur un territoire. Aujourd'hui, Charger se voit fréquemment défié par d'autres mâles, en général plus jeunes, impatients de lui ravir son territoire et de s'approprier Sita ainsi que les autres femelles reproductrices qui y ont élu domicile.

Par une température de 48°C,
Charger s'abrite de la chaleur de midi
dans un étang à flanc de colline.
Contrairement à la plupart des grands
félins, les tigres adorent l'eau.

Après avoir repoussé un challenger, Charger, sérieusement blessé (ci-contre), se réfugie provisoirement dans la fraîcheur d'une grotte où les mouches, attirées par ses plaies, ne viendront pas le harceler.

A moitié caché dans les hautes herbes,
Charger monte la garde contre les intrus.

Ventre plein, sans rivaux en vue pour l'instant, Charger se prélasse auprès d'une flaque dans le marais où abondent les proies, au cœur d'un territoire qu'il doit constamment défendre.

Ce tigre tendu mais assoiffé (ci-contre) est un des rivaux de Charger. A ce point d'eau, son territoire empiète sur celui de Charger. En s'abreuvant, chacun doit garder sur l'autre un œil vigilant. Cet autoportrait, ainsi que ceux des autres mammifères et oiseaux des pages suivantes, ont été réalisés en plein été, autour de la même mare, à Bandhavgarh, par des appareils photo déclenchés à distance.

Les premières images de ce genre ont été prises au début des années 1920 par un audacieux garde forestier britannique nommé F.W. Champion. En dépit des difficultés intrinsèques et de la nécessité d'utiliser un matériel encombrant, Champion écrit, dans un ouvrage intitulé *With a Camera in Tigerland*, qu'une telle technique "apporte l'excitation de la chasse et la confrontation de notre intelligence avec celle des habitants de la jungle, toujours vigilants. Cette pratique exige bien plus de science et de patience [que la chasse au fusil]. Elle procure une connaissance intime de la vie de l'animal traqué bien supérieure à celle de la chasse traditionnelle et, par dessus tout, permet de ne pas répandre de le sang de créatures auxquelles aucun conflit ne nous oppose...."

Bachhi, ou "Petite fille", une des femelles issues de la quatrième portée de Sita (ci-contre), ainsi qu'une bande d'entelles assoiffées, fréquentent le même étang fétide et peu profond, empli de feuilles et d'urine de singe.

109

A plusieurs heures d'intervalle, un léopard et des entelles étanchent leur soif au même point d'eau.

Allées et venues : vautours égyptiens

Un sambar femelle

Un ours lippu

Charger, le mâle dominant

Contrecoup : les efforts maladroits d'un jeune tigre de passage (ci-contre) pour tuer un porc-épic indien comme celui-ci se soldent par une gueule hérissée de piquants et une blessure infectée, potentiellement mortelle, de la patte antérieure droite.

Les tigres sont opportunistes. Quand l'occasion se présente, ils tuent et mangent presque tout ce qui croise leur chemin, y compris le chital, le paon ou l'entelle, regroupés (ci-contre) par souci de sécurité. Mais pour les tigres, l'efficacité et la nécessité de conserver leur énergie les contraignent à concentrer leurs talents de chasseurs sur les plus grosses proies possibles. Selon l'écosystème dans lequel ils vivent, les tigres font fréquemment de colossaux repas d'élans, de buffles et de gaurs, et vont même parfois jusqu'à dévorer la progéniture du rhinocéros ou de l'éléphant.

Quelle que soit la taille de leur proie potentielle, il faut soigneusement apprendre aux petits comment guetter et tuer par eux-mêmes. Leur formation est un parcours laborieux et tâtonnant qui dure entre 16 et 22 mois, au cours duquel les tigresses comme Sita doivent assurer leur propre subsistance ainsi que celle de leur progéniture affamée.

Au crépuscule, Sita emporte le cadavre d'un chital fraîchement tué. Dès le matin suivant, elle repartira en chasse, en quête de viande pour se nourrir elle-même et ses petits affamés.

Sous la protection de sa mère, un des petits de Sita apprend à déguster la viande de sambar. Plus grand que le chital, ce sambar a nourri toute la famille pendant trois jours.

Bachhi, la fille de Sita, gronde en sentant
la présence d'un photographe dissimulé
dans une cachette. Elle s'est constitué
un territoire adjacent à celui de sa mère
et parvient à y nourrir ses trois petits.

Même si depuis quelques années, les motifs évoquant le tigre qui recouvrent le corps des danseurs indiens (ci-contre) ont fait l'objet d'une certaine banalisation, la vénération vouée au grand prédateur par ses adeptes ne s'est pas altérée au cours des siècles. Dans la mythologie hindoue, la déesse Durga est souvent représentée chevauchant un tigre.

Les tigres sont traditionnellement vénérés dans tous les pays où ils ont vécu. En Inde, ils sont le symbole de la royauté ainsi que du pouvoir divin. En Chine, ils représentent le yang, ou le bien, dans son éternel combat contre le dragon du yin, le mal. Dans certaines régions de Thaïlande, de Malaisie et de Sumatra, les tigres symbolisent traditionnellement le châtiment divin. Mais en Asie comme ailleurs, les hommes montrent une étrange propension à démontrer leur supériorité supposée sur le plus grand des félins.

A Mangalore, des danseurs grimés en tigres virevoltent et trépignent au cours d'une procession vers le temple de Durga.

Pour offrir des émotions viriles aux adeptes de la musculation, deux tigres sont gardés en cage dans le sous-sol du «Roy Boy's Tattoo Parlor and Hard Core Gym» à Gary dans l'Indiana.

A l'abri dans un bus spécialement aménagé, les visiteurs des Everland Zoological Gardens près de Séoul, en Corée du Sud, peuvent observer de près et sans risque des tigres captifs déchiquetant de gros morceaux de viande suspendus.

S'ils ont suffisamment d'argent – et de courage –, les visiteurs du Sriracha Tiger Zoo près de Bangkok, en Thaïlande, peuvent donner le biberon à un jeune tigre. L'établissement abriterait près de 130 tigres nourris par les sous-produits de milliers de porcs, poulets et crocodiles d'élevages commerciaux du voisinage. Les raisons pour lesquelles tant de tigres sont élevés en ces lieux ne sont pas claires – seuls 30 animaux, pour la plupart très jeunes, sont présentés en permanence – et certains soupçonnent que ces tigres sont destinés à être abattus et vendus aux fabricants de remèdes traditionnels chinois si l'interdiction internationale de ce commerce vient à être levée.

Au Sriracha Tiger Zoo, les visiteurs peuvent voir les gardiens jouer avec des tigres adolescents auxquels on a ôté les griffes. Ils peuvent aussi rester bouche bée devant cette tigresse désespérément anxieuse (ci-contre), allaitant deux petits tigres âgés de deux semaines derrière une baie vitrée. Elle a plus de chance que beaucoup d'autres tigresses de ce zoo; certains petits leur sont enlevés avant le sevrage, afin que leurs mères puissent engendrer jusqu'à trois portées par an.

Ce dont les tigres ont le plus besoin - qu'ils vivent dans les forêts sèches à feuilles caduques du centre de l'Inde, les forêts enneigés de Sibérie ou n'importe quel autre lieu sauvage en voie de rapide disparition - c'est simplement qu'on les laisse en paix. En dépit des lourdes exigences qui pèsent sur une tigresse comme Sita, dont l'aptitude à protéger, nourrir et éduquer ses petits pendant les 20 à 24 premiers mois de leur existence conditionnera leur survie, les tigres peuvent prospérer par eux-mêmes, à condition qu'ils aient suffisamment de proies, d'eau et d'espace.

      Mais dans un monde où les populations humaines continuent à proliférer, l'espace est un bien précieux et la tentation de bénéfices rapides, souvent irrésistible. Offrir aux tigres comme Sita et ses petits la protection et la solitude dont ils ont besoin demeure le plus grand défi pour ceux qui désirent que ces animaux restent libres.

Sita, accompagnée d'un de ses petits âgé de sept mois, à l'affût devant l'entrée d'une ancienne grotte artificielle qu'elle utilise pour s'abriter du plus fort de la chaleur estivale.

Tapi impatiemment dans l'herbe épaisse, un des petits de Sita attend le signal indiquant qu'il peut sans danger revenir vers le sambar que sa mère a tué et dissimulé au cours de la nuit précédente.

Rien de ce que peut inventer ce petit tigre ne semble pouvoir perturber le sommeil de sa mère fourbue.

Sita inspecte soigneusement la jungle avant d'exhorter ses petits à quitter la sécurité des fourrés où elle les a dissimulés.

Sita ouvre la marche vers le cadavre de sa proie. Elle a encore beaucoup à apprendre à ses petits avant qu'ils ne puissent la quitter, entre 18 et 24 mois, pour s'en aller conquérir leur propre territoire.

L'HABITAT DU TIGRE

- Habitat actuel ou potentiel
- Territoire du tigre en 1900

La projection en perspective donne une échelle variable

148

ORGANISATIONS DE DÉFENSE DE L'ENVIRONNEMENT

Environmental investigation Agency
Apartment 324
1701 16th Street, N.W.
Washington, D.C. 20009

Hornocker Wildlife Research Institute
P.O. Box 3246
University Station
Moscow, Idaho 83843-0246

Save the Tiger Fund
National Fish and Wildlife Foundation
1120 Connecticut Avenue, N.W.
Suite 900
Washington, D.C. 20036

World Wildlfe Fund USA
1250 24th Street, N.W.
Washington, D.C. 20037-1175

Wildlife Conservation Society
The Bronx Zoo
185th Street and Southern Boulevard
Bronx, New York 10460

Wildlife Protection Society of India
Thapar House
134 Janpath
New Delhi, India 11001

Tiger Action Fund for India
290 West End Avenue
Suite 17-C
New York, New York 10023

Personne ne sait combien de tigres sauvages survivent de par le monde. L'estimation la plus courante est de 5000 à 7000. Elle se fonde sur des données incomplètes et parfois fallacieuses. Mais des chercheurs travaillant pour le "World Wildlife Fund" et la «Wildlife Conservation Society» ont récemment combiné des images satellite avec les meilleures estimations possibles sur le terrain afin de mettre au point une carte identifiant les forêts dans lesquelles ils pensent que les tigres ont au moins une chance de survie. Ils espèrent pouvoir persuader les gouvernements des 14 pays concernés de préserver définitivement les plus prometteuses de ces zones afin de sauver l'espèce.

REMERCIEMENTS

MICHAEL NICHOLS

Le titre original de ce livre, *The Year of the Tiger* (l'Année du Tigre), n'est pas inspiré du calendrier chinois mais se veut plutôt un hommage à deux ouvrages classiques écrits par George Schaller, et intitulés respectivement *The Year of the Gorilla* (L'Année du Gorille) et *The Deer and the Tiger* (Le Chevreuil et le Tigre). Je dois beaucoup à John Echave, éditeur et directeur de l'illustration du NATIONAL GEOGRAPHIC, pour avoir suivi mon travail et m'avoir soutenu, alors même que les photographies arrivaient si lentement que l'investissement, en temps et en argent, a parfois dû sembler médiocre.

Ce livre doit son existence à la persévérance de Leah Bendavid-Val, véritable championne de la photographie. Kate Glassner Brainerd, avec qui je fais fréquemment équipe pour la mise en page, a rendu clair et élégant le mariage des photographies avec le texte de Geoff Ward.

Lors de mon premier séjour en Inde, je n'avais aucune idée de la manière ni des lieux où travailler. Je n'avais en ma possession qu'une liste de contacts fournis par Geoff et Diane Ward. Cette liste me mena à Toby Sinclair qui partagea gracieusement avec moi ses vastes connaissances sur la vie sauvage du sous-continent, et me mit sur le chemin du parc national de Bandhavgarh.

C'est là que je rencontrai Nanda S.J.B. Rana, membre de l'ancienne famille régnante népalaise. Nanda n'est pas biologiste ; en fait, c'est un ancien chasseur. Mais, captivé par les tigres de Bandhavgarh, il connaît leurs mœurs mieux que quiconque. Il est devenu mon guide et mon ami, et sans son aide, ces photographies n'auraient pas vu le jour.

Roy Toft, mon assistant et partenaire tout au long de ce projet, mérite une médaille pour le courage déployé à aller vérifier les pièges photographiques souvent gardés par un tigre endormi.

La permission spéciale et la coopération du Département des Forêts du Madhya Pradesh ont rendu possible les méthodes utilisées pour réaliser ces photographies.

Sans l'aide et la coopération d'un grand nombre de personnes, ce livre n'aurait pas existé. Je remercie donc celles qui suivent : Salim Ahamad, Bob Anderson, Kate Anglin, Doug Amstrong, Chris Austria, Lisa Backus, Sergey Berevnuk, Narayan Singh Bhayal, Dharan Dar Boro, Ines Burger, Thea Chalmers, Stephen Galster, Kat Gidding, Andy Goldfarb, Joanna Van Grusen, Erin Harvey, Ginette Hemley, Sarah Hoff, Kenneth Houseman, Roosevelt Howard, Nell Hupman, Jubert Van Ingen, Bok Sakon Jaisomkom, Ullas Karanth, Tom Kennedy, Ushakiran Khandelwal, Kent Koberssten, Alexey Kostyrya, Sam La Budde, Butch Lama, Andrey Lebedev, Frank Lieberman, Tony Lynam, Jansen Manansang, Ragu Ram, Linda Matlow, Robert Mather, Corey Meacham, Dale Miquelle, P. K. Mishra, S. K. Nagar, Lalit M. Nath, M. D. Parashar, Howard Quigley, George Phocus, Alan Rabinowitz, Nina Rao, Fateh Singh Rathore, le dr Goverdhan Singh Rathore, Tim Redford, Alphonse Roy, S. Deb Roy, Krishna K. Roy, Siegfried & Roy, Roy Boy et son épouse Debby, R. C. Sharma, John Seidensticker, Krishna Kumar Singh, Sergey Shaitaraov, Danilov Sheveiko, Serguëi Sheveiko, Wladimir Ivanivitch Chetinine, Brett Simison, Lee Simmons, Susan Smith, Agit Sonakia, Carol Starling, B. N. Talukdar, Valmik Thapar, Ron Tilson, Ashim Tyabji, A. B. Wade, Brian Weirum, Brian Werner, Ron Whitfield, Belinda Wright, S. K. Yadav, Kenji Yamaguichi, Betty Young, Victor Yudin, et Chad Zierenberg.

Avec mes remerciements tout particuliers pour les cornacs Daya Ram, Phool Singh, Vishnu, et Kuttapaan.

La photographie du tigre Charger rugissant qui apparaît page 75 est de Roy Toft. Le collage de la page 31 a été réalisé par un maître de la nature morte, Terry Hefernan, qui a accepté d'aider un vieil ami.

Par-dessus tout, je remercie Reba Peck, ma compagne, pour son aide, sa patience et son œil d'artiste, sans lesquels rien n'aurait été possible.

GEOFFREY C. WARD

Voici près de quinze ans que j'écris sur les tigres et les jungles indiennes. Chaque année, je mesure le peu que je sais vraiment de ces deux sujets. La faute n'en incombe pas à mes professeurs, dévoués à la survie de la vie sauvage en Asie, mais disposés malgré tout à trouver le temps d'éduquer un amateur enthousiaste. Certains sont cités dans le texte de ce livre; d'autres ne le sont pas. Je suis néanmoins profondément reconnaissant à chacun d'eux. Divyiabhanusinh Chavda, Raghu Chundawat, Ullas Karanth, Fateh Singh Rathore, S. Deb Roy, Billy Arjan Singh, Valmik Thapar et Hashim Tyabji, tous en Inde. Et aux Etats-Unis : Dale Miquelle, Alan Rabinowitz, George Schaller et John Seidensticker, qui a également eu la gentillesse de lire les épreuves de ce livre avant qu'il ne parte à l'impression.

D'autres personnes m'ont été d'une aide précieuse tout au long de mes voyages, et je voudrais remercier certaines d'entre elles : Sheila Lawton, Avani Patel, le Dr Goverdhan Singh Rathore et sa femme Usha, Tobi Sinclair et Sajni Thukral. Mon ami Shadi Ram Sharma a transformé les milliers de kilomètres parcourus sur certaines des routes les plus éprouvantes du monde en un plaisir autant qu'une aventure. Je tiens à l'en remercier.

J'ai une dette particulière envers Mira Balram Singh et envers feu son mari Balram, le meilleur des compagnons, que je regretterai toute ma vie.

Je tiens également à exprimer ma gratitude envers les personnes suivantes : Bob Poole, mon rédacteur au NATIONAL GEOGRAPHIC magazine, Leah Bendavid-Val qui a supervisé la conception de ce livre, Kate Glassner Brainerd qui l'a mis en page, de même que mon ami Nick Nichols, dont les photographies saisissantes constituent le plus beau témoignage de sa passion pour les tigres et le monde sauvage.

Je voudrais enfin remercier ma femme Diane, qui rend toutes choses possibles – y compris le fait d'écrire sur les tigres –, partage mon amour pour la forêt indienne, et qui a déployé d'infatigables efforts dans la collecte de fonds pour la survie des tigres à l'état sauvage en tant que co-directrice du Tiger Action Fund for India.

NOTES SUR LES PHOTOGRAPHIES

MICHAEL NICHOLS

Les tigres en liberté sont difficiles à voir, et encore plus difficiles à photographier. En réalité, la plupart des photographies de tigres supposés libres montrent des animaux captifs. Ces dernières années, on a assisté à la prolifération de fermes à gibier où moyennant paiement, un photographe peut photographier l'animal exotique de son choix dans un environnement "naturel". Les photographies des sous-espèces de tigres de Sibérie, du sud de la Chine, d'Indochine ou de Sumatra impliquent presque toujours une duperie : un enclos en plein air où le tigre apparaît dans la neige, un tigre dressé placé dans la neige sans sa laisse pendant la séance de photographie. Il y a même le cas célèbre d'un tigre capturé dans une forêt tropicale et placé dans un enclos pour les besoins d'une séance de photo. Présenter la nature de cette manière m'apparaît comme une duperie qui brouille la signification de la vie sauvage. Nous avilissons la nature de tant de façons; devons-nous en plus la dompter ?

En Inde, les tigres du Bengale peuvent être photographiés à l'état sauvage. Les raisons n'en sont pas compliquées. Dans certains parcs, la végétation, relativement ouverte, permet de voir les tigres à distance, et du fait du tourisme quelques-uns d'entre eux se sont habitués à la présence des éléphants et des jeeps. A ma connaissance, aucun tigre sauvage ne permettra jamais à un humain de s'approcher de lui à pied.

Quoiqu'il en soit, photographier des tigres a exigé de moi toute la patience et l'énergie dont j'étais capable. Sans parler du temps et de l'investissement prodigués par mon patron, le NATIONAL GEOGRAPHIC. Les photographies de ce livre ont été prises sur une période de deux ans, de novembre 1995 à décembre 1997, époque du dernier de mes cinq voyages en Inde et au parc national de Bandhavgarh. J'ai utilisé 1800 rouleaux de pellicule. Ne soyez pas impressionnés ou consternés par ce chiffre; la plupart d'entre eux sont emplis de singes et de chevreuils, non de tigres insaisissables. Dans un moment d'exaspération et, j'espère, d'humour, mon éditeur John Echave m'a envoyé un fax disant simplement : "Nick, merci de ne plus photographier de singes ou de chevreuils, sauf s'ils sont dans la gueule d'un tigre".

J'ai utilisé trois méthodes pour réaliser ces photographies : à dos d'éléphant, caché dans des affûts, et en plaçant des pièges photographiques aux points d'eau.

La plupart du temps, j'étais debout à quatre heures du matin. Dès l'aube, je pénétrais à dos d'éléphant dans le territoire du tigre, au moment où ses pérégrinations nocturnes s'achevaient. Pour localiser notre gibier, nous utilisions ses empreintes et suivions les cris d'alarme des chevreuils et des singes, mais nous n'apercevions en moyenne qu'un tigre tous les cinq jours. La plupart du temps, il dormait au moment où je pouvais le prendre en photo. Plusieurs fois, il m'est arrivé de laisser tomber l'appareil du haut de mon éléphant. Un jour que nous nous sommes approchés trop près d'un tigre blessé se reposant dans les hautes herbes – c'était Charger, le mâle dominant : sans le moindre avertissement, il rugit, bondit et planta ses griffes dans la croupe de l'éléphant que je montais, à quelques centimètres de mon pied. Ni l'éléphant, ni le cornac ni moi-même ne refîmes jamais cette expérience. Un éléphant n'est pas un trépied. Il respire, se balance souvent d'un pied sur l'autre et mangerait tout ce qui porte feuillage si on le laissait faire. J'ai dû utiliser des objectifs et des vitesses d'obturation extrêmement rapides pour obtenir des photos nettes (Inversement, comme j'aime aussi beaucoup le flou spectaculaire produit par le mouvement, les éléphants ont parfois travaillé à mon avantage).

Nous avons construit un affût d'herbes hautes attachées à un cadre de bambou, près d'un point d'eau important où j'espérais pouvoir photographier un tigre venant boire. Un tigre ne traversera jamais un obstacle sans être sûr de ce qu'il y a derrière. Autrefois, un long ruban de tissu blanc tendu entre deux éléphants suffisait à orienter les tigres vers les fusils des chasseurs. C'est pourquoi notre affût d'herbe à même le sol était sûr. J'apprécie ces lois de la nature, et je me sentais généralement en sécurité dans notre frêle abri, où je demeurai seize jours durant. Pendant tout ce temps, je n'aperçus des tigres que pendant moins de cinq minutes (voir les photographies pages 16-17 et 106-107), la plupart du temps après la tombée de la nuit. Un soir, alors que la lumière baissait, la forêt résonna littéralement cris d'alarme. Je n'ai rien vu, jusqu'au moment où Charger apparut brusquement, juste à l'extérieur de l'affût, se retourna et aspergea la porte d'urine. Même en sachant qu'un tigre ne traverse jamais un obstacle, j'étais recroquevillé en position fœtale dans l'angle le plus reculé de la cache. Pas de photos. Une autre nuit, j'usai une bobine entière à mitrailler un tigre qui, à la lumière du jour, s'avéra être un arbre.

En ce qui me concerne, ce qu'on appelle le piège photographique s'est révélé la méthode la plus satisfaisante pour photographier les tigres. Auparavant, j'avais travaillé plusieurs mois au Congo avec cette technique, qui ne m'avait alors rapporté qu'un seul cliché montrant la moitié d'un mufle de léopard. Problèmes techniques. La jungle du centre de l'Inde est l'environnement idéal pour perfectionner cette méthode. En été, la forêt est sèche et chaude. Les points d'eau deviennent des sortes d'aimants où l'on place les pièges photographiques pour que les animaux qui viennent boire se photographient soigneusement d'eux-mêmes. Le flash les effrayait-il ? Notre vidéo montre en effet que certains animaux prenaient effectivement la fuite, en particulier les ours. Mais je vous assure que dans cette forêt pleine de prédateurs, les animaux ont bien d'autres objets de crainte que ces flashes. Charger ne cillait même pas quand les appareils se déclenchaient, et ses ébats dans l'eau ont rempli des pellicules entières.

J'aimais photographier les animaux sauvages de cette manière, qui me semblait répondre plus à leurs conditions qu'aux miennes. L'idée consistait à faire réfléchir l'objectif de la même façon que moi, sans que ne je sois derrière. Les entelles qui venaient s'abreuver chaque soir ont grillé pas mal de films, ce qui était quelque peu frustrant puisque je voulais "prendre" des tigres. Aujourd'hui, en regardant ces clichés (pages 109 et 111), je vois un monde qu'aucun humain n'aurait pu contempler autrement.

Chaque nuit, je rêvais de capturer l'essence même du tigre sur pellicule. Je n'y suis jamais arrivé. L'image qui s'en rapproche le plus est celle de Charger, bondissant par-dessus un escarpement (page 97), mais il l'a prise lui-même.

Roy Toft (à droite) vérifie l'angle du piège photographique qui a pris la photo de Charger de la page 99.

LES YEUX DU TIGRE SONT PLUS BRILLANTS QUE CEUX DE

TOUT AUTRE ANIMAL SUR TERRE.

AU CRÉPUSCULE, ILS RENVOIENT LA LUMIÈRE AMBIANTE

AVEC UNE INTENSITÉ STUPÉFIANTE. CE SERAIT UNE

TRAGÉDIE, UN TERRIBLE MANQUEMENT À NOTRE DEVOIR,

SI NOUS LAISSIONS CE FEU MAGIQUE S'ÉTEINDRE.

      Arjan Singh

LE TIGRE

avec des photographies de Michael Nichols *et des textes de* Geoffrey C. Ward *est publié par la National Geographic Society.*
Président-directeur général : John M. Fahey, Jr.
Président du conseil d'administration : Gilbert M. Grosvenor
Premier vice-président : Nina D. Hoffman

Réalisation éditoriale
Vice-président et directeur : William R. Gray
Directeur-adjoint : Charles Kogod
Directeur éditorial et directeur administratif : Barbara A. Payne
Directeur de la fabrication : David Griffin

Ont participé à la réalisation de ce livre
Rédacteur en chef : Leah Bendavid-Val
Directeur artistique : Kate Glassner Brainerd
Rédacteur des légendes : Patrice Silverstein
Recherche : James B. Enzinna
Directeur de cartographie : Carl Mehler
Production cartographique : Jehan Aziz
Rédacteur en chef adjoint : Kevin G. Craig
Directeur de la fabrication : R. Gary Colbert
Responsable de la fabrication : Richard S. Wain
Production : Lewis R. Bassford
Iconographe-adjoint : Janet A. Dustin
Assistants : Peggy Candore, Dale-Marie Herring

Rédacteur-consultant : Robert M. Poole

Production et contrôle de la qualité
Directeur : George V. White
Directeur associé : John T. Dunn
Chef de projet : Vincent P. Ryan
Contrôleur de gestion : James J. Sorensen

Édition originale
© 1998 par la National Geographic Society sous le titre "The Year of the Tiger"
Texte © 1998 Geoffrey C. Ward

Pour l'édition française
© 2000. National Geographic Society. All rights reserved.

Réalisation éditoriale
G+J/RBA, pour National Geographic France
Direction éditoriale : Françoise Kerlo
Adaptation : Virtual Words / Celsys
Traduction : Florence Illouz

ISBN : 2-84582-003-8
Dépôt légal : mars 2000

Toute reproduction intégrale ou partielle de l'ouvrage, par quelque procédé que ce soit, est strictement interdite sans l'autorisation écrite de l'éditeur.
Imprimé en Espagne

LES AUTEURS

MICHAEL NICHOLS
Photographe pour le NATIONAL GEOGRAPHIC, Michael Nichols travaille également pour *Geo, Life, Rolling Stone, The New York Times Magazine,* et autres titres célèbres. Parmi ses nombreuses récompenses, il a notamment reçu, en 1996, le premier prix de la World Press Award pour «Wildlife in Ndoki, Central Africa», et un prix de l'Overseas Press Club, «pour être allé au delà du cadre de son devoir», généralement réservé aux photographes de guerre,. Il est l'auteur de trois livres : *Gorillas : Struggle for Survival in the Virungas, The Great Apes : Between Two Worlds,* et *Keepers of the Kingdom: The New American Zoo.* Il vit à Charlottesville en Virginie.

GEOFFREY C. WARD
Geoffrey Ward est connu pour ses ouvrages en collaboration avec les réalisateurs Ken et Rick Burns : *The Civil War* et *Baseball*, ainsi que pour *American Originals, Before the Trumpet* et *A First-Class Temperament.* Il a grandi en Inde, où il est retourné pour écrire *Tiger-Wallahs,* un ouvrage consacré aux «hommes-tigres» qui vouent leur existence à sauver cette espèce de l'extinction. Il vit à New York.